Kouritsu-Chu Madoushi

効率厨魔導師、第二の人生で魔導を極める

7

謙虚なサークル 著

kenkyonasakuru

主な登場人物
Main Characters

ゼフ＝アインシュタイン

本作の主人公。
最も才能値の低い魔導の修業に
生涯を費やしたことを悔やみ、
時間遡行の魔導で少年時代に戻る。

ミリィ＝レイアード

『蒼穹の狩人』のギルドマスター。
魔導の天才だが、無鉄砲で
考えなしなところがある。

アインベル＝ルビーアイ

ゼフが魔導で
呼び出した使い魔。

聖騎士
ナナミの町に
あらわれた、
素顔を仮面で隠す
謎の騎士。
シルシュ=
オンスロート
獣人のシスター。
怒りや興奮により
理性を失うことがあるが、
普段は穏やかで優しい。
セルベリエ=
シューゲル
ゼフの前世での師匠。
孤独を好む熟練の
魔導師。
レディア=
ランディア
武器商人で鍛冶師の娘。
高い戦闘能力を持つが、
性格はのんきで家庭的。

1

ギルドハウスの一室にあるベッドから身を起こし、ワシは仲間のミリィから一通り状況を聞いた。

「そうか……ワシは、三年も眠っていたのか……」

「そうよっ！　ゼフのバカっ！　バカっ！」

ワシの頭を胸に抱きかかえたまま、すすり泣くミリィ。

ぼんやりとしていた頭が冴えていく。

サザン島へ魔物討伐の依頼をこなしにいったワシらは、以前敵対したグレインと再会し激闘を繰り広げたのだったか。

奴は卑劣にもミリィを人質にし、あまつさえその命を奪った。

ブチ切れたワシは自身の時間を進めることで強制的に身体を成長させ、辛くも勝利したのである。

そしてミリィの時間だけを戻し、生き返らせることができたのだ。

だがその代償は大きかったようで、ワシは三年も眠っていたらしい。

むしろそれだけで済んで運が良かったと言うべきだな。あれほどの魔導を瀕死《ひんし》の状態で使ったのだ。そのまま死んでいても全く不思議ではなかった。

しかし三年も眠っていたからか、筋肉はかなり衰えている。

あの時、ワシの身体は骨も砕け肉も断裂し、酷い状態だった。

とてもではないが、自然治癒やヒーリングでどうにかなるとも思えない。

だが、今のワシの身体は、あの時とは比べ物にならないくらい回復している。

不思議に思っていると、ミリィがワシの頭から身体を離しこちらへ向き直った。

まだ目には少し涙を浮かべて頬も紅潮しているが、大分落ち着いてきたようだ。

ミリィの顔をじっと見ると、やはり以前より少し大人びている。

「……大きくなったな、ミリィ」

「……うん。三年だもん」

指先で涙を拭《ぬぐ》う仕草は、記憶の中の子供っぽいミリィとは異なっていた。

よく見るとトレードマークであったツインテールも少し下げ、しゅるりと細長く伸ばしている。

年相応に見えるようにだろうか。

しかしミリィは童顔な上に胸もまだまだ控えめなので、その様子はなんというか、背伸びしたお子様といった感じだ。

じっと顔を見ていると、ミリィは照れてしまったのか少し視線を下げる。

「……何よ、もう」

「いや、すまんすまん」

頬を膨らませ眉を吊り上げるその姿は、紛れもなくワシの知るミリィである。

ワシが完治した手足を気にしていると、ミリィは得意げな顔を向けてきた。

「ゼフの傷、私が治したのよ」

「そうなのか？」

「ゼフが眠っている間に編み出した私の固有魔導、ヒーリングビックでね！」

そう言って自分の胸に手を当てるミリィ。

「その名の通り、ヒーリングを強化した私の固有魔導！　従来の自然治癒力を強化するだけのヒーリングと違って、折れた骨もボロボロに傷ついた身体も治しちゃうんだから！」

自信満々に説明するミリィは、とても嬉しそうだ。

それにしても、天才だとは思っていたがこの歳で固有魔導を習得してしまうとはな……しかもヒーリングビック、ワシの折れた腕をも治癒してしまうとは何とも強力な魔導だ。

ただのヒーリングは時間がかかる上、軽度の傷しか治せない。

……というか、まさかとは思うが「ビック」というのは「ビッグ」と間違っているんじゃないだろうな。ミリィならやりかねないから困る。まぁ、それを言うのは野暮《やぼ》というものか。

褒めて欲しそうにキラキラとした目を向けてくるミリィの頭を、ゆっくり撫《な》でてやる。

「すごいではないか、ミリィ」

「えへへ」

ワシに抱きつき、されるがままに撫《な》でられていたミリィであったが、すぐにその顔を曇らせた。

その視線の先は、ワシの失ってしまった左腕。

流石《さすが》にヒーリングビックとやらでも、千切れた腕までは再生することができなかったのであろう。

「ごめんなさい……私のせいで……」

俯《うつむ》いて顔を隠すミリィの声は、少し震えている。

ミリィの時間は巻き戻したはずだったが、グレインに人質にされた時の記憶はあるのか。

「気にするな、ワシの身体を治すために固有魔導を編み出したのだろう？　深い傷を負ったワシが目を覚ますことができたのは、お前のおかげだよ」

「ゼフ……」

固有魔導に目覚めるためには、本来、長い修業と強い思いが必要だ。

若く経験の浅いミリィが固有魔導を習得してしまったのだから、その思いは余程のものだったに違いない。

「……そう言えば他の皆は今、どこにいるんだ？」

ギルドメンバーである他の四人の姿は、ここにはない。

セルベリエは看病などという柄《がら》ではないから不在でも不思議ではないが、レディアやシルシュもいないようだ。

クロードがいない理由は、なんとなく想像できるが……

「あ、うん。えーとね……」

どこから話すべきかと考えていたミリィだったが、やがてぽつりぽつりと語り始める。

——ワシとグレインとの戦いが終わった後、目を覚ましたミリィはボロボロになったワシや倒れたクロードを助けるため、皆を呼んだらしい。

すぐに島の医療施設で治療を受け、ワシは何とか一命を取り留めたが、意識はずっと回復しないままであった。それから半年ほど、絶対安静の状態が続いたそうだ。

「ゼフってば、ずっと意識が戻らなくて……何とかしなきゃって思って、考えついたのが強化版のヒーリングだったの。修業して修業して、やっとものにしたんだから」

習得後もミリィは修業を続け、鍛えたヒーリングビックを何度も使い、ワシの身体は回復に向かっていったという。

「それでゼフが回復に向かい始めた頃だったかな、クロードは一人で旅に出てっちゃったの。ボクの未熟が招いたことだから、今はゼフ君と合わせる顔がないって。ギルドエンブレムも置いて行っちゃったのよ。持ってると皆のことを思い出して辛いからって」

「……そうか」

あの時、クロードはグレインに操られてワシに襲い掛かってきた。洗脳されていたとはいえ、やはり気に病んでしまったのだろう。

ギルドメンバーの証であるエンブレムがなければ、念話をすることができない。

今は一人になりたい、と言うことか。確かにクロードの性格ならそんなことを言いそうである。

「うん、私にもクロードの気持ちは痛いくらいわかったから止めなかった。あ、でもね！　絶対戻ってくるって言ってたから大丈夫よ！　ボクはゼフ君のモノですからって言ってたし。よかったわね、ゼフぅ？」

「……そうだな」

ジト目でワシを睨みつけてくるミリィから目を逸《そ》らした。

クロードは、前のように何も言わず去ったわけではないし、そこまで心配することもないだろう。

そういえば、ミリィは胸に三つのギルドエンブレムを付けている。

一つはミリィ、もう一つはクロードのものとして……もう一つは誰だ？

ワシの視線に気づいたのか、ミリィは胸に手を当てエンブレムを輝かせる。

「あぁ、こっちはシルシュのよ」

「シルシュも抜けてしまったのか？」

「うん。クロードと一緒にね。今はイズの町にいるみたい。ゼフのお見舞いにもよく来てたわ」

「そうか」

シルシュはイズの町にある教会で孤児たちの面倒を見ていたが、色々あってワシらと共に旅をしていた。こういう時くらいは、戻って子供たちと一緒にいればいいだろう。

「あとはレディアとセルベリエだけど……折角《せっかく》だし、今から会いに行きましょうよ」

「街にいるのか？」

「うん、二人でお店をやってるんだよ。ゼフがいきなりあらわれたら、びっくりするわよ！」

楽しそうに笑うミリィに手を引かれベッドから立ち上がろうとしたが、よろけて転びそうになる。

それを咄嗟《とっさ》にミリィに抱きとめられ、支えられてしまった。

「あ、ごめんねゼフ。三年も寝てたんだもん。まだ動けないよね」

「なんのこれしき、大丈夫だよ」

不安そうなミリィへ笑みを返しつつ、筋力強化魔導レッドグローブを念じる。

緋色《ひいろ》の魔力が全身を包み込み、すっかり鈍《なま》っていたワシの身体に力が満ちていった。

ゆっくりと立ち上がり、身体を動かす感覚を確かめる。

……うむ、軽い運動程度なら何とかなりそうだ。

「うーん、本当に大丈夫みたいね……ちょっと残念」

「おいおい、どういうことだ」

「まだ私が色々とお世話しないとダメかなぁーって思ってたんだけどねぇ」

「……そのことに関しては礼を言うが、できるだけ早く忘れてもらえると嬉しい」

「にひひ、ずーっと覚えてるもん♪」

考えてみれば、三年も寝たきりでミリィに介護されていたわけか。

ぐぬ、妙な弱みを握られてしまったな。

「すまん、ミリィ。ワシの荷物や服はあるか？　街に行く前に風呂に入りたいのだが」

「うん、私も一緒に入ったげようか？」

「いらんわ馬鹿者っ！」

悪戯《いたずら》っぽく笑うミリィに荷物を手渡され、ワシは逃げるように風呂へと駆け込むのであった。


「ブルースフィア」

少し広めの風呂場に、大量の水がざばぁと溢れた。

その中にレッドボールをいくつか放り込むと、ホカホカと湯気が上がってくる。

「あっちち……」

少し熱くしすぎたようだ。ブルーボールでそれを薄めるが、今度は逆にぬるい。

うーむ。久しぶりなので、魔導を使う感覚がうまく掴《つか》めないな。

レッドボールとブルーボールを交互に使い、何とか入れる温度になった頃にはワシの身体はすっかり冷えてしまっていた。

身体へ湯をかけるため手桶《ておけ》を取ろうとして、左腕を失ったことを自覚する。

「やはり不便だな……」

グレインの攻撃で奪われた左腕。

日常生活はそのうち慣れるだろうが、戦闘となると不利は免《まぬが》れないだろう。

とはいえ、ワシは剣士ではなく魔導師だからまだマシか。神剣アインベルを使う際は不便だが。

「そう言えば、アインの奴は……？」

ふと、ワシの使い魔の姿を思い浮かべる。

グレインとの戦いで、神剣アインベルはその刀身をへし折られ、消滅してしまった。

あの時、アインは大丈夫だと言っていたが、どうなったのだろうか。

サモンサーバントを念じてみるが、アインはあらわれない。

そもそも、あいつが無事でワシが目覚めたと気づけば、呼ばなくても出てくるはずだよな……と、そこまで考えたところでハッとなる。

折れた時にはうっすらと感じていたアインの気配が、ワシの中から完全に消滅していたのだ。

アインを維持するには、魔力の込められた石、ジェムストーンが必要である。その数は一日十個ほど。しかし、大飯食らいのアインを三年間、放置し続けていた。その結果は……想像したくない。

「まさか、餓えて死んでしまったのでは……」

思わず風呂場を飛び出そうと扉を開けると、脱衣場で服を脱いでいるミリィと思いきり目が合う。

「きゃあああああっ!?」

ギリギリで前を隠したミリィは、悲鳴を上げつつワシが開けた扉を閉めた。

危ない、扉に手を挟むところだったぞ。

「……何をしているのだ、ミリィ」

「えと、その……片手で身体洗えなくて、困ってるかと思って……」

ゴニョゴニョと消え入るように呟《つぶや》くミリィ。

さっき一人で大丈夫だと言ったろうに。まぁ、返事をした時は片腕がないのを忘れていたからで、確かにその、助かるのではあるが。

っと、そんなことよりアインだ。

「それよりミリィ、アインの奴を知らないか？　ワシが倒れている間に何かなかったか？」

「……アインちゃん？　ん～、そういえば前にゼフの看病してる時にいきなり出てきて、しばらく留守にするって言ってたわよ？」

「留守……だと……？」

「うん、ゴハンが貰《もら》えないから故郷に帰るってさ」

「そう……か」

ふぅ、と大きくため息を吐く。

何とか死んではいないようだな。三年も寝たきりのワシの側《そば》にいるのは退屈だろうし、ある意味ではアインらしいといえるか。

ワシが思考を巡らせていると、扉がガラガラと開き、裸の上にバスタオルを巻いたミリィがあらわれた。胸元でバスタオルを握り締めたミリィは、ほんのりと顔を紅潮させている。

「そ、そんなジロジロ見ないでよ……」

「いや、バスタオルがずり落ちそうだと思って……ごふっ!?」

「……ばか」

脇腹にミリィの拳が突き刺さる。

おい、こっちはさっきまで三年も寝込んでいたのだぞ。

「ほらっ！　さっさと後ろ向いて！」

無理やり洗い場に座らされ、頭からお湯をかけられる。

石鹸《せっけん》と湯で前が見えぬ状況。ミリィの小さな手でワシの髪の毛が洗われていく。

「どう？　痛くない？」

「あぁ、いい気持ちだ」

ワシの言葉に気を良くしたのか、ミリィは頭から首すじ、肩から背中をスポンジで丁寧に洗っていってくれた。

絶妙な力加減にウトウトし、つい力が抜けてミリィに身体を預けてしまう。

「ひゃっ！　ち、ちょっとゼフったら……」

驚きながらも避けることはせず、ワシを抱きかかえたままだ。

背中にミリィの薄い膨らみを感じていると、またお湯をざばぁとかけられた。

「……前も洗ってあげよっか？」

「……遠慮しておこう」

ミリィからスポンジを受け取り正面を洗うと、一緒に湯船につかった。

「あぁ」

「はぁー……気持ちいいね」

やはり風呂はいい、まるで生き返るようだ。実際、生き返ったようなものだしな。

「あのね、ゼフ。ずっと言いたかったことがあるんだ」

「……何だ？」

「ありがとう」

ちゃぷ、と音を立て水が撥《は》ねた。

ミリィが湯の中で、ワシの手を握ってくる。

「私を助けるために片腕を失くして、三年も眠っちゃったんだよね……」

「……気にするな」

「するよっ！」

さらに強く、強く、ミリィはワシの手を握り締める。その目は潤《うる》み、今にも泣いてしまいそうだ。

「気にするよ……いつも効率効率って言ってたゼフの大事な時間をいっぱい奪っちゃったんだもん」

——効率、か。ミリィのために捨てたそれを、今度はミリィが気にしていたとはな。

「だから私が一刻も早く治して、ゼフが失くした左腕の代わりになろうと決めたの」

ミリィはワシの失った腕へ重ねるように、身体を押し付けてきた。

そして顔を近づけ、こちらを見上げる。

「クロードじゃないけど、私もゼフのモノだから……ゼフの好きに、使っていいから……」

「ミリィ……」

健気《けなげ》に抱きついてくるミリィに応えるよう、小さな背に腕を回して抱き寄せると、ミリィの肩がぴくんと震えた。

ゆっくりと、ミリィの小さな背を撫《な》でてやる。

その時、小さな傷痕が指先に引っかかった。

以前はなかった傷痕。少しだが筋肉も付き、魔力線も随分鍛えられている。

ワシの意識を取り戻すため、目覚めたワシの力になるため、ミリィは魔物と戦い、ダンジョンを駆けずり回り、己を鍛えていたのだろう。

よしよしと頭を撫《な》でてやると、ミリィは心地よさそうにワシへと身体を預けてくる。

「……三年と腕の一本程度、大した支障にはならんよ。ワシは魔導を極めてみせるさ。もちろんミリィの、皆の力を借りて、な」

「ゼフ……」

「だから、もう泣くな」

「……うんっ！」

ミリィは目尻一杯に溜まった涙をごしごしと拭《ふ》いて、にっこりと笑った。

それでいい。ミリィに涙は似合わない。

しかし、三年か。確かサザン島に行く前に開かれた天魔祭の主催者は、空《くう》の五天魔イエラだったはず。とすれば、その三年後は……

「……どうしたの？　ゼフ、悪い顔して」

「なに、丁度いい目標ができたなと思ってな」

毎年行われる天魔祭は、各属性の頂点を極めた五天魔が順に主催する。その順序は緋《ひ》、空《くう》、魄《はく》、翠《すい》、蒼《そう》の順だ。

来年の天魔祭はフレイムオブフレイム、緋《ひ》の五天魔が開く。その締めにある号奪戦で勝利すれば、ワシがフレイムオブフレイムの称号を手に入れることができるわけだ。

一年もあれば鈍《なま》った身体を鍛え直し、号奪戦で勝利することは十分に可能であろう。

「腕が鳴るではないか……確かさっき、お前をワシの好きに使っていいと言っていたな？　ミリィ」

「えと……お手柔らかに……」

「くくく……」

現フレイムオブフレイム、バートラム＝キャベルは歴代の五天魔の中で最強と言われる男だ。

ワシが前世で首都プロレアに初めて来た時、バートラムはすでに孫に五天魔を譲った後であった。

だから、全盛期のバートラムをワシは見たことがない。

何度か顔を合わせたことはあるが、その魔力のすさまじさは当時天狗《てんぐ》になっていたワシを委縮させるほどだった。

恐らく今のバートラムの年齢は三十五くらい、年齢的に最盛期といったところか。

歴代最強の五天魔を倒し、フレイムオブフレイムを奪還する。

目標としては申し分ない。この一年、さらに忙しくなりそうだ。


ワシらは商店街に向かって歩いていた。

ミリィによると、この三年の間にレディアは首都プロレアで店を立ち上げたそうである。

「私が固有魔導を習得するまでのゼフの治療費も、レディアがいっぱい稼いできたお蔭《かげ》で何とかなったんだよ」

「……礼を言わねばな」

わかってはいたが、ワシが寝ている間、皆には色々と世話になっていたらしい。

商店街の大きな道を歩いていると、前方に黒山の人だかりが見えてくる。

「あそこだよ」

どうやらレディアの店は結構繁盛していようだ。天魔祭で浴衣《ゆかた》を売って、商売人として名が売れたからだろうか。

人だかりの中から、懐かしいレディアの声が聞こえてくる。

「さーいらっしゃいー！　夕方だけの大特価、安いよ、安いよーっ！」

レディアは時間を限定して値引きセールを行っているらしい。

だが、あまりの人だかりにレディアの姿は見えず、その長い手をちらちらと覗かせるのみだ。

「今行くと邪魔かもしれないな」

「そうかも。折角《せっかく》だし、ちょっと街を歩いてきましょっか」

ミリィはワシの手をちょんと握ってくる。その手に指を絡ませると、小さく握り返してきた。

真っ赤な顔で、俯《うつむ》いてワシから目を逸《そ》らすミリィ。

まったく、風呂に一緒に入ったりするくせに、こういうところはあまり変わってないな。

そのまま来た道を引き返そうと振り返ると、買い物袋を両手に抱えた女性が立っていた。

驚き目を丸くしているのは――セルベリエだ。

「ゼフ……なのか……？」

「久しぶりだな、セルベリエ」

どさり、と抱えた袋を地面に落としたセルベリエに近づいていく。

まるで幽霊でも見ているかのような顔だが、まぁ三年ぶりなのだ。仕方あるまい。

しばし見つめ合っていたワシらだったが、セルベリエが目元を指で拭《ぬぐ》い、微笑んだ。

「……おかえり、ゼフ」

「あぁ、ただいま」

「レディアも心配していたぞ。すぐに顔を見せに行こう」

「いやしかし、今は忙しそうで……」

「関係ない」

セルベリエはワシの手を無造作に掴《つか》むと、レディアの店の方を向き魔力を集中させていく。

おい、何をする気だセルベリエ。

「……サイレンス」

セルベリエの言葉と共に、周囲の音が完全に消え去る。

空《くう》系統サイレンス。術者を中心に風の結界を作り、結界内部の音を消す魔導である。

基本的な使い方は、詠唱の必要な敵の大魔導をキャンセルすることだが、範囲が狭く自分にも効果があるためイマイチ使い勝手は悪い。

「――――!?」

「――――!　――――!」

いきなり音が消えたことで商品に夢中だった人々が戸惑い、人だかりが緩んだその中へ、ワシとミリィを連れてセルベリエが突っ込んでいく。

しかし、自分が通りたいからって何ともまぁ……セルベリエらしいといえばらしい。

人混みをかき分けていくと、やはり声が出ず驚いているレディアがいた。

長いポニーテールを、三年前の時よりさらに伸ばしている。豊満な身体を露出高めの服で包んでいるのは以前と同じだが……店用の前掛けからはみ出る肉体は、以前より成長しているようだ。

ワシと目が合い、きょとんとしているレディアへ、声が出せぬため手を振って挨拶する。

パクパクと口を動かすレディアが呼んでいるのは、音がせずともワシの名だと簡単に理解できた。

直後、飛びついてくるレディアに思いきり抱きつかれ、地面に押し倒されてしまう。

そのまま人だかりの中、ワシは硬い地面と、レディアの柔らかい感触を同時に味わうハメになるのであった。


「しっかし……ゼフっちも、や〜っと起きたか〜長い眠りだったけど……うん、めでたいっ！」

——その後、レディアはすぐに店を閉め、他の店員と客を帰らせてしまった。

店が終わってからでいいと言ったのだが、こんな日に仕事なんかしていられないとのことだ。

そして店内はワシらだけになった。店とはいえ、台所や寝室といった生活するための部屋もある。

奥には工房があって、レディアが鍛冶をする時にはここに泊まり込んでいるらしい。

台所のある部屋で、レディアたちが夜に食べるはずだった弁当を広げる。

そう言えば、ずっと食事を取っていなかったので腹ペコだ。

レディアの作った弁当は美味《うま》そうで、見ただけで腹がぐぅと鳴る。

「でも残念だったな、セルベリエの仕事してる姿を見たかったのだが」

「……見なくていい」

話によると、セルベリエは意外なことにレディアの店を手伝っているらしい。

驚きだ。そんなこともできるようになったのか。ある意味、一番の成長かもしれない。

「でも、まだ接客は苦労してるみたいなんだけどね～」

「おい、もうその話はいいだろう……それよりゼフが目覚めたのならば丁度良かった。レディア、アレを試してみないか？」

「おおっ、そだったね。何というか、ゼフっちっていつもタイミングいいよねぇ～」

「どうかしたのか？」

「それは見てからのお楽しみってことで♪」

不思議に思いながらも食事を終わらせると、ワシは店の奥にある工房へと案内された。

暗い中でレディアがスイッチを押し、部屋に明かりが灯《とも》る。

「これは……」

目の前にある無骨な金属の塊。レディアはそれをひょいと手に取り、ワシに手渡した。

太い金属の軸には何本かのチューブが走り、何やら駆動機関のようなものが見える。

先の方は可動式でクネクネとスムーズに動き、その先端には五本の細い駆動部が伸びていた。

端的に言うと、金属でできた腕だ。

「ゼフっちのために私とセっちんで開発した、魔導金属製の義手だよ」

「……使ってくれ」

レディアとセルベリエは、ワシを見てにこりと微笑む。

「えーと、私も一応手伝ったからね。材料集めとか、ちょっとだけど……」

ミリィは頬を染めてそう付け足した。

「あぁ、皆ありがとう」

感動で目が潤《うる》みそうになるのを誤魔化すため、三人を一緒に抱擁する。

少し照れくさそうに笑う三人。

ワシは仲間に恵まれた。ひしひしとそう感じるのであった。

義手は特殊な魔導金属でできており、魔力を動力として作動するらしい。

取り付けは容易で、接続部に魔力を込めたら磁石のようにぴったりとくっついた。

接続した義手に魔力を込めていくと、少し違和感はあるが、自身の身体と同様に魔力を淀《よど》みなく流すことができた。これならば、こちらの手からも魔導を放つことが可能だ。

「……驚いたな、この義手は魔力線が走っているのか」

「苦労したぞ。魔力の伝達率の高いスパイダーメットの糸を紡ぎ、巻いてある。太ければ伝達率が悪く、細すぎれば簡単にちぎれてしまう。適切な太さを見極めるため、何度も実験を繰り返し……」

「はいはーい！　私がそれいっぱい狩ってきたのよっ！」

得意げに解説を行うセルベリエと、ここぞとばかりに自己主張するミリィ。そんな二人を見て苦笑を浮かべるレディアに礼を言い、ワシは義手を動かすよう魔力を込めていく。

ギシギシと軋《きし》む音を上げ、指が、手首が、肘《ひじ》が問題なく可動した。

可動部は本来の腕と比べても遜色《そんしょく》ないほどの柔軟性を誇り、レッドボールを念じると義手の手の

ひらからちゃんと火球が生まれた。

その様子を見た三人は、安堵の息を大きく吐く。

「よかったぁ～」

「……当然の結果だがな」

「あっはは～、せっちんが一番不安がってたくせに～」

「ふん」

レディアがセルベリエの背中をべしべしと叩き、それを満更でもなさそうな顔で受けるセルベリエ。何とも仲良くなったものだな。

「さぁ～！　めでたい日だし、今日はぱーっと行きましょ～か！」

袋から取り出されたのは酒瓶。レディアはそれを両手に握り、カチンカチンと鳴らしている。

その様子を見たセルベリエはため息を吐いた。

「まったく……まぁこんな日くらい、いいか。グラスとつまみを持ってこよう」

「あ、私ジュース取ってこよーっと♪」

セルベリエとミリィが台所の方へと小走りに駆けていく。

酒か。前世では付き合いで何度か飲んだことがあるが、そんなに好きではないんだよな。

飲み過ぎて一日潰《つぶ》れた時は二度と飲むかと思ったものだが……こんな日くらいは構わないか。

三年経って、年齢的にも酒が飲めるようになったわけだしな。

「ゼフっち」

そんなことを考えていると、後ろからふわりと抱きしめられた。

頭の後ろにこつんと、レディアの額《ひたい》が乗っかる。

そこからワシの首すじに、温かな液体がポタリと落ちるのを感じた。

涙——それを誤魔化すように、レディアが頭をグリグリ押し付けてくる。

「……おかえり」

「あぁ、色々と助かったよ」

「あっはは……でも背、伸びちゃったね～！　もうカワイイとか言えないなぁ～」

「それでもレディアの方がデカいのは、少し様《さま》にならないがな……」

「私は気にしないから、だいじょぶだいじょぶ♪」

ワシが気にするというのに。

重ねた身体を離し、向き合ったレディアの表情はいつもと同じ笑顔だった。

「さ、テーブルも用意しましょっか」

「……こんなところでやるつもりか？」

確かに台所よりスペースは広いものの、工房は酒盛りする場所ではないと思うのだが。

「あっはは、まぁいいじゃない♪」

結局備え付けのテーブルを置き、ワシらはそこで飲み始めた。

ワシはちびちびやっていたが、レディアもセルベリエもうわばみなのか、次々に酒を空《あ》けていく。

そろそろ十本目に到達しそうだ。しかも、これだけ飲んで普段と全く様子が変わらないから驚く。

「二人共、酒に強いのだな……」

「れりあと……せるへりえはぁ……しゅごいねぇ～……」

逆に真っ赤な顔のミリィは、完全に呂律《ろれつ》が回っていない。

先刻、ミリィは間違えてワシの酒を口に含んでしまったのだ。真っ赤な顔で涎《よだれ》を垂らしながら、頭をフラフラと振っている。

こっちはこっちで弱すぎるだろ。まさか一口でここまで酔ってしまうとは……今後、ミリィには酒は飲ませぬよう注意しなければな。

「ミリィ、もう帰ったほうがいいのではないか？」

「そんなことないよぉ～へへへ～」

「また吐いてしまうぞ」

「うっ……」

能天気だったミリィの表情が引きつる。ワシの背中で吐いたことは未だにトラウマらしい。

「……背負ってベッドまで運んでやろうか？」

「え、遠慮しときます……」

何故か敬語になるミリィ。その様子がおかしくて、くっくっと笑みがこぼれてしまった。

「あっはは、じゃ今日は私が運んであげるね～」

「ちょ……いいよぉレディアっ」

レディアにひょいと抱え上げられたミリィは、そのまま工房の外へと強制連行されてしまった。

残されたワシとセルベリエ。しばし無言の後、セルベリエは酒瓶を一本手に取り、口につける。

そしてぐいと傾け、ごくごくと白い喉を鳴らし始めた。

おいおい、まだ飲むのかよ。しかも瓶ごととは恐れ入る。あまりの飲みっぷりに若干引くな。

気づけばセルベリエの顔は先刻より少しだけ朱に染まっており、切れ長の目でワシをじっと見つめていた。

「……ゼフ」

「ん？」

「その……あれだ」

何か言いたそうなセルベリエの目を、無言で見つめ返す。

口をパクパク動かし、目を左右に揺らす様《さま》は挙動不審である。そして真っ赤な顔で俯《うつむ》き——

「……なんでもない」

そう言ってセルベリエは黙り込む。

やれやれ、口下手は直っていないようだ。仕方ない人だな。

「何か言いたいことでもあるのか？」

冗談めかしてそう言うと、セルベリエが小刻みに肩を震わせ始めた。

む、怒らせてしまっただろうか？

と思ったが、ワシを睨みつけてくるセルベリエの顔は怒っているというより、今にも泣きそうだ。

「あー、その……セルベリエ？」

「……ばか」

そして、言葉と同時にワシは地面に掴《つか》み倒された。ワシに馬乗りになったセルベリエの頬から、大粒の涙がボロボロと落ちてくる。

そのまま弱々しくワシの胸を叩き続けるセルベリエに、ワシは何も言葉を返せずにいた。

「ばか……ゼフのばか……っ！」

子供のように泣きじゃくるセルベリエ。……もしかして酔っているのだろうか。顔も真っ赤だし、視点も定まってない。何より、普段のセルベリエなら「ばか」ではなく「馬鹿者」と言うはずだ。

「寂しかったんだぞ……ずぅっと寝ていて……っ。いつもそうだ……ゼフはいつも私に優しくするくせに、すぐ離れていく……っ。そんなのなら、ずっと一人にしてくれればいいのだっ、ばかっ！」

ぽすん、と震える拳が、言葉が、ワシの胸に刺さる。

まぁ、そうだったかもしれないが……いや、考えてみれば逃げているのはセルベリエではないか。

それに気づいた時、不意にセルベリエがワシへ顔を近づけてきた。

「……責任を取るべきだ」

「……は？」

「そうだ、そうすべきだ！　私を寂しくさせたんだ、そのくらいは当然だろう！」

さらに顔を近づけるセルベリエ。少し動けば唇が触れそうな距離で、ワシは逃げられぬよう頭を両手でしっかり固定されてしまった。

別段、逃げようとは、思っていない、のだ、が……

「セルベリエ、ワシは……」

目を瞑《つむ》り、ワシに身体を預けるセルベリエ。その細い身体から伝わる心臓の音は妙に穏やかで……

「……もしかして寝てるのか？」

すぅすぅと酒臭い寝息がワシの耳元で漏れている。……この人は本当に仕方がないな。

やれやれとだけ呟《つぶや》いて、ワシは備え付けのソファーにセルベリエを運ぶのであった。

◆　◆　◆

結局昨日はレディアの店で夜を明かした。

朝起きて、ミリィとレディアの作った朝飯を食べていると、頭を押さえたセルベリエがヨロヨロと起きてきた。

「うぅ……頭が割れる……」

「あっはは～やっぱり酔ってたのね～せっちん」

レディアの奴、多分逃げていたな。ミリィを寝室へ運ぶと見せかけて、ワシに酔っ払いの相手を任せたのだろう。

ワシがジト目でレディアを睨みつけると、あっははと笑いながら目を逸《そ》らされた。

《せっちん、結構泣き上戸でしょ？　絡み酒だし、苦手なのよねぇ》

話によると、セルベリエと打ち解けようとしたレディアは、彼女に酒を飲ませまくったそうだ。

レディアはかなり飲める体質だが、セルベリエも全然酔わないので自分と似たようなモノだと思っていたらしい。

しかしセルベリエは顔に出ないだけで、あるラインを超えると豹変する。

絡まれ泣きわめかれたレディアは、ほとほと困り果てたが、その夜はずっとセルベリエに捕まえられたままだったそうな。

《……ま、それがきっかけで店の手伝いをしてくれるようになったんだけどね～。大変だったんだよ？　ゼフっちがいなくなったーって子供みたいに泣きわめいてさ》

《……ワシも同じことをされたのだが……もしかしてレディア、謀《はか》ったか？》

《あっはは～》

念話でのやり取りだったのだが、セルベリエがこちらを不審そうな顔で見ていた。

「……二人とも何を話している」

「何でもないって。さ～今日も一日頑張ってこ～」

「おーっ♪」

レディアの苦しまぎれの掛け声に同調したのは、何も知らぬミリィのみであった。

「では、ワシはこの義手を戦闘で試してみるとするよ。鈍《なま》った身体も鍛え直さねばならないしな」

今はレッドグローブを常時発動して筋力を補っている。それくらい、身体が弱っているのだ。

三年も寝たきりだったのだから、本来はゆっくりリハビリすべきかもしれないが、来年の号奪戦で勝利するためにはのんびりしてはいられない。

即実戦あるのみ。まぁ、流石《さすが》にいきなり強力な魔物がいる場所に行くつもりはないが。

「はいはーいっ！　私は当然ついて行くからねっ！」

元気よく手を上げるミリィ。今の状態だと一人ではいざという時に不安があるため、元々誰かについて来てもらうつもりだった。丁度いい、ミリィの成長も見ておきたいしな。

「私も……行く……うぷ」

「あっはは、せっちんは寝てたほうがいいよ」

「そうは……いかな……ふぐっ⁉」

青い顔で這《は》うように進むセルベリエの首筋に、レディアの鋭い手刀が振り下ろされた。

崩れ落ちたセルベリエを抱きかかえるレディアを見て、ワシとミリィは顔を見合わせる。

恐ろしく疾《はや》い手刀……残像しか見えなかったぞ。達人であるセルベリエをいとも容易《たやす》く……レディアの身体能力も進化しているようだ。

「んじゃ、私はせっちんの看病と店番をやってるよ」

「……いいの？　レディア」

「いいってば〜。いきなり店を閉めらんないし、久しぶりに二人きりで行ってらっしゃいな」

ぱちんとウインクをするレディアを見てその意図を汲み取ったのか、ミリィはワシにちらりと視線を送り、赤くなって俯《うつむ》く。そしてワシの指を、小さな手できゅっと握ってきたのだった。

「それでは、行って来る」

「じゃあねーっ♪」

「はいは〜い、二人とも気をつけてね〜」

セルベリエを背負ったままひらひらと手を振るレディアに見送られ、店を出る。

「何か、気を遣わせてしまったな。折角《せっかく》だし、レディアが喜びそうなものでも取ってくるか？」

「ならゴブニュの沼地に行きましょうよ！　魔導金属の合成材料の鉱物が取れるし、魔物もそんなに強くないしさ」

「ふむ、悪くないな」

「何かあっても私が守ってあげるからね、ゼフっ♪」

「……期待しておこう」

ゴブニュの沼地は首都プロレアの東にある、多くのゼル種が棲息する場所である。

ゼル種は向こうから攻撃してくるものは少なく、比較的安全な奴が多いため、ワシのリハビリには最適だ。

ワシらはすぐにテレポートを念じ、沼地へと飛んだ。


軽く準備運動をしていると、ミリィが嬉しそうに笑っている。

「えへへ、こうしてゼフと一緒に戦うの、久しぶりだよね」

「そうだな」

ミリィは機嫌よくスキップしているが、ここは滑りやすいから気をつけたほうがいいぞ。

と思った瞬間、ミリィが足を滑らせ転びそうになったのを、ワシはギリギリで支える。

咄嗟《とっさ》に手を握らなかったら落ちていたぞ、馬鹿者。

「あ、ありがと」

「気をつけろよ、まったく。ワシを守ってくれるんじゃなかったのか？」

「むぅ……」

頬を膨らませるミリィだったが、何か思いついたのか得意げな顔をワシに向けてきた。

「ね、ゼフ。私にスカウトスコープ使ってみてよ」

ふむ、成長したミリィか。どれほどのものか見せてもらおう。

スカウトスコープをミリィに向けて念じる。

ミリィ＝レイアード
レベル 86
魔導レベル
緋：49／94
蒼：88／98
翠：29／92
空：43／96
魄：65／85
魔力値
4253／4253

ついにと言うか、やはりと言うか、ミリィのブルーゲイルのレベルは99となっていた。ミリィの奴、相変わらずのブルーゲイル脳だったようだ。

ただし、以前は覚えていなかったいくつかの魔導を使えるようになっている。セルベリエから教わったのだろうか。

それにしても、固有魔導ヒーリングビックのネーミングセンスが異彩を放っているぞ。

さらにその下に、見慣れた文字がある。

「む、これは……」

「にひひ♪　気づいたみたいね」

ミリィの所有魔導欄の片隅にあったのは、サモンサーバントの文字。

これは使い魔を呼ぶ魔導で、三年前、ミリィはいつもワシの使い魔アインを見て「私も欲しい」とぶーたれていた。それをついに習得したようだ。

「見なさい、ゼフ。これが私の……サモンサーバントよっ！」

眩《まばゆ》い光と共にあらわれたのは、白い大きな馬。頭には角が生え、背には身体に見合うほどの大きな翼が生えている。

ミリィが頬ずりをするように顔を近づけたかと思うと、馬はミリィの首……というか鎖骨のあたりをペロペロと舐《な》めている。おい、どこ舐《な》めてるんだこのエロ馬。

「きゃっ！　もう変なところ舐《な》めないでよ～」

「ブルル……」

ミリィがエロ馬を身体から離し、ワシの方に向き直らせた……が、この馬、ワシを見ようともしない。なんつー奴だ。

「えと、この子が私の使い魔のウルクね。よろしく」

ミリィに紹介され、ウルクと呼ばれた馬はワシに嫌々頭を下げてくる。

「……よろしくな、ウルク」

「あ、あはは……ごめんね？　この子ちょっと人見知りで……」

いや、こいつはただのエロ馬だろう。いつか馬刺しにして食ってやろうか。

「まぁいい。それでコイツは何ができるんだ？」

「私を狙う攻撃を、角やヒズメでガードしてくれるのよ」

えへん、と胸を張るミリィであったが、何かそれイマイチではないか？

微妙な顔をするワシを見て、ミリィは焦《あせ》ったように続ける。

「な、仲間への攻撃も防いでくれるのよ。でもそれはウルクと仲が良くないとダメだけどね。セルベリエへの攻撃はよく防いでるけど、レディアへの攻撃には全然動こうとしないし」

「……それはレディアなら避けるから大丈夫と思ってるのではないか？」

「レディアがウルクに攻撃を防いでもらおうと、わざと攻撃を食らってみてもダメだったわ」

「まったく、何をしているのだレディアは……」

ともあれ、使い魔によるオートガードと言われてもイマイチピンとこない。どんな感じなのだろう……試してみるか。

ミリィに気づかれぬよう義手を動かし、その後頭部へと軽く振り下ろした。

こーん、と良い音が響きミリィが地面に突っ伏す。

「いったぁ～……何すんのよっゼフっ！」

「すまぬ、どんな感じでガードが発動するのかと思ってな……」

「仲間からの攻撃は防がないのっ！　助けようとして突き飛ばすとかでガードが発動しても困るでしょっ！　てか、そんな硬いので叩かないでよっ！　バカになっちゃうじゃないっ！」

なるほど、常時発動ならこんな風にじゃれ合っているのに水を差されるかもしれないわけだな。

まだ痛いのか、頭をさすりながら歩くミリィ。その足元に緑色のトゲトゲした魔物が見える。

ウィードゼルだ。こいつは頭に緑色のトゲトゲが生えたゼル種で、普段は草に擬態しており、踏んづけられるとトゲから毒液を吐き出し反撃する。

とはいえその毒は弱く、高レベル冒険者が間違えて踏んでも何の影響もない。ワシらにとっては、無害な魔物である。

ふむ……。ミリィはまだワシを睨みつけていて、ウィードゼルに気づいていないようだ。

丁度いい、魔物相手ならオートガードとやらは発動するだろう。見せてもらうとするか。

「もぉ、私怒ってるんだからね！」

頬を膨らませるミリィを観察していると、そのままウィードゼルをぐにょりと踏みつけた。

「ひゃあっ!?」

悲鳴を上げるミリィへ、いきり立ったウィードゼルの先端部から白い液体が吐き出される。

大量の白濁液を被《かぶ》ったミリィはびっくりしてしまったのか、完全に硬直している。

いや、そもそも……

「……発動しないではないか。オートガード」

「う……絶対発動するわけじゃないし……」

発動は確実ではない、と。ウルクだったか、何とも微妙な使い魔のようである。

「べとべとだよぉ……ねぇ、ちょっと身体洗ってもいい？」

「うむ」

「んじゃ……清浄な水にて、我が身の不浄の汚れを洗い流し、清め給《たま》え……クリアランス」

ミリィが呪文を唱えると、身体を透明な筒が覆う。

中は清浄な水で満たされており、身体に付着した汚れを洗い清めていく。

——蒼《そう》系統魔導クリアランス。戦闘での汚れを洗い流す清浄の魔導だ。身体だけでなく衣類や防具も綺麗にできるが、かなりの長時間、清浄の水に浸《つ》かっていなければならない。

使用場面は多岐にわたり、泊まり込みのダンジョン攻略や長旅などでは非常に便利な魔導で、冒険者必須魔導の一つである。

「ふう……私、今動けないからあまり遠くに行かないでね」

「ウルクに守ってもらえばいいではないか」

「うぅ……ゼフのいじわる……」

「冗談だよ」

水に顔を半分つけてぶくぶくと泡を立てるミリィの頭を、よしよしと撫《な》でてやる。

「守るのはいいが、辺りは無害なゼル種ばかりだ。少しくらい離れても構わないだろう？　ワシも色々と試したいことがあるしな」

「うん、何かあったら念話で呼ぶわ。でも、あんまり離れないでよ？」

「わかっているさ。すぐ駆けつけられる場所にいる」

透明な筒の中でちゃぷんと音を立てるミリィに手を振り、ワシはその場を立ち去った。

「さて、どうしたものかな」

とりあえず自分自身にスカウトスコープを念じる。三年ぶりで色々うろ覚えだしな。

ゼフ＝アインシュタイン
レベル 70
魔導レベル
　緋：49／62
　蒼：46／87
　翠：51／99
　空：48／89
　魄：44／97
魔力値
　3241／3251

身体が鈍《なま》れば魔力線も鈍《なま》る。下手したらレベルが落ちている可能性もあったが、どうやら三年前と同じようだ。一安心といったところか。

とはいえ、現状では魔導を上手く扱うことができない。今使っているレッドグローブも、本来の効果よりかなり落ちている。まぁ、戦ってカンを取り戻せばいいだけか。

そしてレベル。実はワシがレベル70になってから、かなりの時間が経っている。

もちろん、その時間とは眠っていた三年間という意味ではない。

ある一定まで成長すると、次のレベルへの成長が難しくなるのだが、その壁が70なのだ。80、90の壁はさらに高い。

成長促進魔導グロウスがあるとはいえ、普通の狩りでは一年で五天魔と戦えるレベルにはならないだろう。奴らと渡り合うにはできれば95、最低90は欲しいところだ。

「焦《あせ》っても仕方ないが、のんびりしてもいられないな……おっと」

早速ワシの前にあらわれたのは、大樹のような見た目をした緑色のゼリー体。

こいつはトレントゼルだ。太く長い幹《みき》に似た外見の、半透明な緑色のゼル種である。

身体にいくつかの苗木を吸収しており、それを分体として吐き出すことでウィードゼルを作り出すのだ。

トレントゼルの足元には、沢山の小さなウィードゼルがぴょこぴょこと跳ねている。

魔物を生む魔物だから、こいつを放置しているとダンジョンが急速に成長してしまうのである。

「丁度いい、こいつで試してみるか」

タイムスクエアを念じ、時間を停止させる。よし、ちゃんと発動できたな。

以前グレインとの戦いでワシのタイムスクエアは急激に進化し、五重まで合成可能になった。

しかし五重合成魔導は威力が絶大な分、反動がデカく、身体強化は自分の肉体を破壊してしまうし、普通の魔導でも魔力線が焼き切れるような激痛を伴う。

しばらくは無理をしないようにしていくか。

時間停止中に念じるのはレッドクラッシュ、ブラッククラッシュ、グリーンクラッシュ。

――三重合成魔導、ヴォルカノンクラッシュ。

ワシの手から生み出された溶岩流がトレントゼルに直撃し、その熱に焼かれて大きく仰《の》け反《ぞ》った。

ぷるぷると苦しそうに痙攣《けいれん》しているが、恐らくそこまでのダメージは与えていない。

以前のワシであれば一撃で屠《ほふ》ることも可能だったはずだが、やはりまだ調子が出ないな。

トレントゼル
レベル 51
魔力値
8521／12533

スカウトスコープを念じたが……うーむ、この程度しかダメージが出ないか。

恐らく本来の威力の三分の一くらいまで落ちているだろう。

リハビリも兼ねて、しばらくは基本の魔導のみでやりくりするのも悪くないかもしれない。

ダメージを受けたトレントゼルがたくさんの苗を撒《ま》き散らすと、辺りにウィードゼルが湧く。

ワシを目がけて飛び掛かってくるウィードゼルを、義手で振り払って叩き落とした。

金属製の腕は鈍器としての性能も申し分なく、殴りつけるだけでウィードゼルは破裂し、バラバラになった。思った以上の攻撃力だ。

……軽くだったとはいえ、先程ミリィの頭をどついてしまったのは少し悪かったな。

「レッドクラッシュ」

潰《つぶ》したウィードゼルの向こう側、立ち尽くすトレントゼルへ向けて炎を叩きつける。

苦しそうに身体をくねらせウィードゼルをさらに撒《ま》き散らすが、こんなモノ、物の数ではない。

また義手による打撃で数匹潰《つぶ》し、トレントゼルのぶよぶよした身体に触れてグリーンクラッシュを念じた。

ぶっとんだトレントゼルはゆっくりと立ち上がり、またウィードゼルを生み出していく。

トレントゼルは動きが鈍《にぶ》く、防御は自身が生み出すウィードゼルに任せているのだ。

高レベルの魔物としてはタフなわりに戦闘力が低いため、リハビリ相手としては丁度いい。

……久々の戦闘。身体の動きは鈍《にぶ》く魔導もかなり弱まっているが、ワシの気分はいい。

トレントゼルの攻撃を躱《かわ》し、魔導を叩き込むたびに今まで切れていた糸が繋がり、ワシがワシに戻っていく感覚。

「はは……っ！」

ワシは込み上げる笑いを抑えぬまま、戦闘を続けたのだった。


「ん、そろそろミリィの洗浄が終わる頃か」

あれからワシは夢中になって戦闘を続け、気づけば一時間程が経っていた。

久々に身体を動かしたため、疲労を感じて汗びっしょりだ。

それでもまだ、トレントゼルを二匹倒したのみ。基本の魔導を使っていたせいもあるが、時間がかかってしまったな。

目の前のトレントゼル。その攻撃を躱《かわ》して懐《ふところ》に潜り込み、タイムスクエアを念じる。

時間停止中に念じるのはレッドクラッシュとブラッククラッシュ。

——二重合成魔導、パイロクラッシュ。

炎と風が混じり合い、爆発的な破壊の奔流《ほんりゅう》がトレントゼルをぐしゃぐしゃに焼き潰《つぶ》していく。その炎は先刻のものより明らかに強かった。ふむ、少しはカンが戻ってきたかな。

「おっ」

燃えがらの中で、キラリと光った何かをひょいと拾い上げる。鈍色に光るのは拳大の石。

「マドニウムか」

魔力の伝達率が非常に高い鉱石で、これを精錬した金属は魔導金属と呼ばれ、武器防具等に重宝される。

ワシの義手もこれを精錬して造られているのだろう。レディアへのいい土産《みやげ》ができたな。

ワシが戻ると、ミリィのクリアランスが丁度終わるところであった。

清浄な水は乾くのも速く、ミリィが袋から出したタオルで顔や身体を拭《ぬぐ》うと、水気はほとんどなくなった。

「よーしっ！　じゃ行きましょうか、ゼフっ！」

「あぁ」

沼と言っても水質は綺麗なもので、水底の砂利《じゃり》や水の中を泳ぐ魚の姿が見える。そして魚を食らうブルーゼルも。

「ゼフ」

ミリィの声に振り向くと、その視線の先にある背の高い草むらがカサカサと揺れていた。これは、デカイな。

「下がってろミリィ」

「でも……」

「おいおい、ワシのリハビリだぞ」

「そ、そうね。でも危なくなったら手を出すよ？」

「もしそうなったら、な」

心配そうな顔をするミリィに、ニヤリと笑って返す。

ガサリ、と草むらを分けて飛び出してきたのは、焦げ茶色の毛並みを逆立てた四足のゼル。毛もゼリー状であるこいつは、ビーストゼルだ。比較的大人しいゼル種の中ではかなり凶暴な奴で、このゴブニュの沼地では間違いなく最強の魔物である。

ぶるると身体を震わせ、砂利《じゃり》を蹴り上げながらこちらに突進してくるビーストゼルの攻撃を横っ飛びで避け、振り向きざまにタイムスクエアを念じる。

時間停止中に念じるのはブルークラッシュ、ブラッククラッシュ、グリーンクラッシュ。

——三重合成魔導、アイシクルクラッシュ。

バキバキと割れるような音を鳴らしながら、ビーストゼルの下半身が凍りついていく。

体重を支えきれずへし折れた足が、地面に転がってそのまま大地に還った。

ゼル種は温度の変化に弱く、気温の低い地域では生きていけない。その弱点をついて足を凍らせたのだが、一瞬動きを鈍《にぶ》らせたにすぎなかった。

新たな足を生やし、またも突進をしてくるビーストゼルに、すれ違いざまにブラッククラッシュを食らわしてやるが、一瞬よろめいただけだ。

「ちっ……タフな奴め」

本当は威力の高いグリーンクラッシュを当てたいところだが、射程の短いこの魔導は動きの鈍《にぶ》ったビーストゼルにすら少々厳しいか。

ワシの反撃に怯《ひる》まず、何度も向かってくるビーストゼル。

ミリィにあまり心配をかけてもいけないし、ここは合成魔導で一気に決めるか。

「プギィィィィ!!」

突進してくるビーストゼルの攻撃を思い切り受け止める。

ワシの足元から土煙が巻き起こり、後ろに生えた大木に一気に押し付けられた。

「ゼフっ!?」

「心配……するなよ」

悲痛な声を上げたミリィに、余裕を持って答える。

セイフトプロテクション。一度だけ受けるダメージを九割軽減する魔導だ。こいつを戦闘前に張っておくのは定石である。

「捕まえたぞ……!」

ニヤリと笑い、ビーストゼルを見下ろすと、ワシはそのゼリー状の身体へと両腕を突き入れる。

そしてタイムスクエア。時間停止中に念じるのはグリーンクラッシュを四回。

――四重合成魔導、グリーンクラッシュスクエア。

ぼごん、とビーストゼルの身体が大きく膨れ上がったかと思うと、そのまま破裂してしまった。

「ふん、まぁこんなものだ」

ワシの言葉にミリィは心底ホッとしたような顔で息を吐く。まったく、心配性な奴だ。

近寄ってその頭を撫《な》でると、ミリィはされるがままになって俯《うつむ》いた。

「ミリィに心配されるようでは、ワシも鈍《にぶ》ったものだな？」

「……ゴメン。私もわかってるんだけど……ゼフが傷つけられるのを見ると、あの時のことを思い出しちゃって……」

あの時とは、ミリィを庇《かば》ってグレインに嬲《なぶ》られた時のことか。

ミリィには色々とトラウマを与えてしまったな。

しんみりとした空気が流れる中、魔物の気配が漂ってくる。

ミリィもそれに気づいたのか、ワシから離れて戦闘態勢を取った。

……ったく、こんな時に空気の読めぬ魔物《ヤツ》だ。

ワシらの前にあらわれたのは、またもビーストゼル。

「もぅ、邪魔しないでよ……」

ミリィがぶーたれながらワシから離れ、後ろへ下がる。

身構えるワシを一瞥《いちべつ》したビーストゼルは、しかしワシらを無視して水しぶきを上げながら沼の中へと走り去っていった。

「あれ？　どこか行っちゃった」

ビーストゼルを眺めるミリィの髪の毛が、ざわりと逆立つ。

それと同時に、ワシの背筋を走り抜ける悪寒。

ビーストゼルの出てきた草むらへ意識を集中させると、今まで感じたことのない魔力があった。

離れていてもビリビリ伝わってくる強力な魔力――ゴブニュの沼地に、ここまで強い魔物はいない。

「ゼフ……！」

「あぁ、気をつけろよミリィ」

ガサリ、と草むらをかき分けてあらわれたのは、真っ黒いぶよぶよしたゼリー状の物体。

見た感じはかなり小さめのゼルである。

「なにあれ……ゼル……？」

の、ようだがワシもこんなゼルは見たことがない。

新種だろうか。早速スカウトスコープを念じてみる。

？？？？
レベル 102
魔力値
3856905 ／ 3856905

「なっ……魔力値さんびゃくはちじゅうまんっ⁉」

そこらのボスと比べても遜色《そんしょく》ない魔力値。魔力値が戦闘力の全てではないとはいえ、尋常ではない。

そして、ノーネーム。

以前ミリィに聞いたが、スカウトスコープでは一般に認識されている数の多い名前がそこに表示されるらしい。そのため、例えば偽名を持つ者がいるとしていて、偽名のほうが広く知られている場合、スカウトスコープで表示されるのは本名ではなく偽名となる。

この表示の仕組みは、魔物でも同じだ。魔物の場合は発見者が名前を決めても良いとされており、名づけられて発見者以外にも認知されることでスカウトスコープにその名が刻まれるそうだ。

ノーネームということは、こいつは恐らく新種の魔物であろう。

「……とりあえず、ダークゼルとでも名づけておくか」

「あ、相変わらずのんきねぇ……」

「こいつの強さは未知数だ。二人でやるぞ」

ワシの言葉にミリィは、にーっと白い八重歯を見せて笑う。

その顔は自信に満ちており、三年の修業の成果を見せたくてウズウズしているようだ。

「……何だ、やる気満々ではないか？」

「うんっ！　ゼフは下がってて。久しぶりの戦いだし、まだ本調子じゃないんでしょう？」

「まぁ、ワシが後衛のほうがフォローは利《き》きやすいだろうな。ここは任せるとするか」

「にひひ♪　ゼフの出番はないかもしれないけどね！」

ワシらを敵と認識したのか、会話の隙を突いてダークゼルがミリィへと飛び掛かる。

あっさりと躱《かわ》したミリィの腕へ、そのゼリー状の身体をまるで触手のごとく伸ばし、捕らえる。

「ミリィ！」

「ブラッククラッシュっ！」

捕らえられた瞬間、ミリィはブラッククラッシュを放ち触手ごとダークゼルを吹き飛ばした。

相手の攻撃を避けるため、ブラッククラッシュで吹き飛ばすのは魔導師の近接戦の基本にして奥義。

戦闘ではこの反応の速さで勝敗が決することも少なくない、魔導師必須スキルの一つである。

うーむ、あの反応の速さ。ミリィの奴、セルベリエに大分しごかれたな。

ワシに背を向けたまま、ミリィは片手でワシにチョキチョキとブイサインを見せてくる。

まったく、心配性はワシも同じだな。人のことは言えないか。

それにしても、ダークゼルだ。見た目も戦い方も、そこいらのゼル種と大差ないように思える。

だが、内包する魔力は尋常ではない。

基本的に魔力値の高い魔物はそれに比例して、大きく、凶暴になる。無論例外はあるが、こんな小さく弱々しい姿の魔物がここまでの魔力値を持つはずがないのだが……

「嫌な予感がする。あまり油断するなよミリィ」

「わかってるってば♪」

あ、この答え方は油断してるな。成長したとはいえ、ミリィはミリィか。

「ブルーゲイルっ！」

ミリィが手をかざすと地面の砂が浮き、ダークゼルが危機を感じたのか、ぷるんと震えた。

そして轟《ごう》、と天高く伸びる水竜巻。

以前ミリィが使っていたものより洗練され、高密度に圧縮されたブルーゲイルはダークゼルを巻き上げ、切り刻んでいく。

「おおっ、見事なものだな」

「ふふ～ん」

得意げに控えめな胸を張るミリィ。こちらの成長はまだまだのようだ。

竜巻に巻き上げられたダークゼルは、ぼてんと鈍い音を立てて落ちてきた。

さて、どの程度効いているのか。スカウトスコープを念じる。

ダークゼル
レベル 102
魔力値
3855215／3856905

「って……全然効いてないじゃないっ！」

「恐らく、こいつは霊体系の魔物だろう。魄《はく》の魔導なら効くのだろうが」

霊体系の魔物は通常の攻撃や魔導は効果が薄く、逆に魄《はく》系統の魔導がよく効く。

とはいえ、参ったな。魄《はく》系統の魔導を使う場合、魔力だけでなくジェムストーンを消費する。しかし、今はそんな大量には持ってない。

アインがいればいいのだが……どこかに行っているのだよな。

「……面倒だし、逃げるか」

「それいいかも」

弱いわりに魔力値が多く、経験値稼ぎに美味《うま》い魔物かと思ったが、これは面倒な相手だ。

また万端の準備を整えてから狩ってやるとしよう。

ワシとミリィはテレポートを念じ、その場を離脱するのであった。

◆　◆　◆

翌日、朝早く起きたワシはこっそりと家を抜け出す。もちろん、修業で魔物を狩りに行くためだ。

三年も寝ていたことによるブランクは、思った以上に大きい。

身体も碌《ろく》に動かないし、魔導も威力が出ない。できるだけ早くまともに戦えるようにならなければ、今度はワシが皆の足を引っ張ってしまうだろう。

「今日もゴブニュの沼地だな」

あの辺りの魔物が今のワシには丁度いい。万が一、あの黒い魔物に出会っても、今度は準備万端だ。

大量のジェムストーンを、袋の中でじゃらりと鳴らす。先日狩りで手に入れたマドニウムと交換にレディアから貰《もら》ったのだ。

魄《はく》系統の魔物であるダークゼル。ワシの合成魔導が大地を傷つけてしまったので、それを修復しようと湧き出た大地のマナによって、変異・発生した魔物という可能性は否定できない。一応、見つけたら倒しておこう。


テレポートを連続で使い、すぐにゴブニュの沼地へと辿《たど》りついた。

まだまだ辺りは暗いため、足元に気をつけながら歩を進めていく。

ここは深い沼が結構あるからな。魔物との戦闘に夢中になり、底なし沼に呑み込まれ死んでいった者もいると聞く。ま、ワシはそんなドジは踏まないが。

「――む」

遠くの木陰で何かが動いたような音がした。

魔物か――そう思い意識を向けると、ぶよぶよの緑色の塊、ビーストゼルがいた。

周りには魔物の気配がないし丁度いい、狩るか。

まだ気づいていないビーストゼルに、先制のレッドクラッシュをぶちかます。

だが、やはり威力が足りない。

反撃してくるビーストゼルの攻撃を避けつつ、ブラッククラッシュで後方へと吹き飛ばした。

当然大火力で焼き払ったほうが早く終わるし消耗も少ないのだが、今のワシは身体能力も魔力線も弱体化しており、戦闘のカンも鈍《にぶ》っている。

それを取り戻すには、そこそこ強い魔物と長時間戦闘を行うのが効率的だ。

怯《ひる》まずにまた突進してくるビーストゼルの攻撃を受けながらも、グリーンクラッシュを叩きこむ。

ビーストゼルの攻撃を避け、受け流し、こちらも地道に反撃を当てていく。

昨日はミリィが心配そうな顔で見ていたからさっさと終わらせてしまったが、本来はこうしたかったのだ。

……見える。ビーストゼルの動きが、それに対応する道筋が。

徐々にカンが戻ってきている。

しばらく戯《たわむ》れていただろうか。トドメに放ったグリーンクラッシュで、ビーストゼルは力尽きて消滅した。

ビーストゼルの跡に残ったマドニウムを拾おうと近づいていくと、後ろから人の気配を感じる。

この魔力の気配は……

「セルベリエ、か」

木陰に向けて声をかけると、しばし沈黙の後、ゆっくりとセルベリエが姿をあらわした。

気づかれると思っていなかったのか、気まずそうな顔をしている。

「……べ、別に隠れて後をつけようと思ったわけじゃないからな……たまたまだ」

「いや、嘘が下手すぎるだろセルベリエ……」

「嘘じゃ……っ……」

真っ赤な顔で黙り込み、くしゃりと髪をかき上げるセルベリエ。

相変わらず嘘のつけない人だ。ワシが朝起きて出ていくところを追ってきたのだろう。

「まぁいいさ。ではセルベリエ、ついてきてくれるか？」

「……いいのか？」

「いいとも！」

セルベリエなら、ミリィのように心配で死にそうな目で見てこないだろうしな。

早足でこちらに向かってくるセルベリエは、どこか嬉しそうだ。


「ブラッククラッシュ！」

ゴブニュの沼地で狩りを始めて半日、そろそろ日が真上に昇り始めていた。

ミリィから念話があったが、セルベリエと二人で狩りに行ったと言うと、物凄く渋い声で「……そう」と返してきた。……帰ったら何か言われそうである。

「それにしても、ダークゼルとやらは姿をあらわさんな」

「うむ……どこかへ行ってしまったのかもしれないな」

半日、ゴブニュの沼地を回っていたわけだが、ダークゼルなど影も形もなかった。

もう誰かに倒されたか、偶然遭遇しなかったか、それとも他の場所に移ったか……

「そろそろ戻るか？　セルベリエ」

「ん……あの……もう少し……」

赤い顔でぶつぶつと呟《つぶや》くセルベリエ。

もう少し……か。まぁ、セルベリエと二人きりになるのは久しぶりだしな。あと数刻くらいなら構わないだろう。

「……では、もう一回りくらいするか？」

「う、うん。そうだなっ」

嬉しそうに答えるセルベリエを連れ、もう一周、今度は索敵重視で狩りを行う。

出てきた魔物は瞬殺だ。どんどん調子が戻ってきているな。くっくっ。

そのまま歩くことしばし、セルベリエの使い魔であるクロが草むらを睨みつける。

セルベリエとワシが身構えると、草むらからノソノソと何かがゆっくり這《は》い出てきた。

――ダークゼル。だが、その姿は前回見たものより明らかに大きい。

念のためスカウトスコープを念じる。

ダークゼル
レベル 103
魔力値
3972153 ／ 3972153

むぅ、かなり魔力値が増え、レベルも上がっている。

昨日見た時ビーストゼルを襲っていたが、もしかしてこいつは他の魔物を倒してレベルを上げていたのだろうか。

「……これが、ダークゼルか」

「そうだ、しかも昨日会った時より成長しているようだな」

「成長する魔物……初めて聞くな」

魔物の強さはダンジョンによって決まっており、成長する魔物などワシも未だかつて聞いたことがない。

ぷるぷると身体を震わせるダークゼルだが、そのとぼけた仕草とは裏腹に計り知れない恐ろしさも感じる。ワシらを敵と認めたようで、こちらを見て戦闘態勢を取った。

「とりあえずやってみるか……セルベリエ」

「わかっている」

そう言って髪をかきあげるセルベリエは、クロを巻きつけていた腕を前にかざす。

「……ホワイトスフィア、ハイネス」

セルベリエの紡いだ言葉と共に、発現した光球がダークゼルを呑み込んだ。

ダークゼルは苦しみもがいている。セルベリエの魄《はく》魔導でも十分なダメージを与えたようだ。

とはいえ、この魔力量だ。こいつの戦闘力は大したことはないが、簡単に削りきれるものではないな。アインがいれば、かなり楽になるのだが……

アインの能力は魄《はく》の魔導の効果を増幅し、さらにはジェムストーンの消費もゼロにする。その分、本人が大食らいなので結果的にはプラスマイナスゼロかもしれないが、戦闘中にジェムストーンの残量を気にしないでいいのは、非常に楽だ。

だから、こういった魔物には便利な能力といえるのだが、いないものは仕方ない。

ため息をつきながら、タイムスクエアを念じる。

時間停止中に念じるのはレッドスフィアとホワイトスフィアを二回ずつ。

——四重合成魔導、ノヴァースフィアダブル。

緋《ひ》と魄《はく》の魔導は、合成することで霊体系の魔物に絶大な効果を与える一撃になるのだ。

白炎がダークゼルを包み、轟々《ごうごう》と燃やし続ける。

「このまま削り切るぞ、セルベリエ」

「あぁ」

ダークゼルの動きは鈍《にぶ》い。ワシとセルベリエが少し距離を取って魔導を撃っていれば、奴になす術《すべ》はないようだ。

約４００万あった魔力値もすぐに半分になり、さらにじわじわとダメージが蓄積していく。

そして魔力値が三分の一を切ろうとした瞬間、ダークゼルに異変が起こった。

ぴし、と黒い粘液に包まれた身体にヒビが入る。

黒い欠片をパラパラと落としながら脈動するダークゼルを前に、ワシとセルベリエは動きを止めた。

——発狂モード。恐らくそうだろうと思ってはいたが、ダークゼルはボスの特性を持っていた。

ダークゼルの変態を見過ごすはずもなく、セルベリエのホワイトスフィアにタイミングを合わせタイムスクエアを念じる。

時間停止中に念じるのはホワイトスフィアを四回。時が動き出すと共に眩《まばゆ》い閃光《せんこう》が辺りを照らす。

――五重合成魔導、ホワイトスフィアサークル。

真っ白に包まれた空間からの不意打ちを避けるため、セルベリエと同時に後ろへ下がり、スカウトスコープに映ったダークゼルの魔力値を確認する。

ダークゼル
レベル 103
魔力値
1021233／3972153

閃光《せんこう》の中に浮かぶ数値が、凄まじい速度でこちらに近づいてくる。

直後、溢れる光の中からあらわれたのは、羽根を生やした真っ黒いゼリー体。

ダークゼルは翼をはためかせ、上空へと舞い上がった。

逃げられる――そう思った瞬間、セルベリエの口角がわずかに上がる。

ダークゼルの向かう先にあったのは氷の壁。

がつん、とそれにぶち当たり地面に落ちてきたダークゼルを、さらにワシらも含めて氷の壁が取り囲む。

蒼《そう》系統魔導ブルーウォール。セルベリエは氷の壁を生み出す魔導を連続で使い、奴の逃亡を阻止したのである。

ブルーウォールで発生した氷の壁は頑丈で、緋《ひ》の魔導以外でこれを破るのは容易ではない。

ワシらとダークゼルは、氷の密室へ閉じ込められる形となっていた。

流石《さすが》セルベリエ、対応が素早い。この手の逃げるタイプのボスは数が少なく、しかもダークゼルは初見のはずなのだが。

ざり、とダークゼルへ一歩近づくセルベリエは、その切れ長の目をさらに細くした。

「……倒すぞ、ゼフ」

「……う、うむ」

そう冷たく言い放つ。やはりセルベリエは頼もしくもあり、恐ろしくもある人だ。

そこから先は一方的な戦いだった。

必死に離脱しようとするダークゼルを逃がさぬよう、セルベリエの展開した氷の壁を維持しつつ、奴を魔導で狙い撃つだけの簡単な作業。

氷の部屋の中を逃げ回るダークゼルを、顔色一つ変えずに攻撃するセルベリエ。全く容赦のないその姿はやはりワシの師匠である。

「……終わりだ」

セルベリエの放った光弾が直撃し、低い呻《うめ》き声と煙を上げて消滅していくダークゼル。

それと同時に、ワシの身体に力が溢れてくる。

大量の魔力で身体が満たされる感じ。レベルが上がったのだ。しかもこの感覚は……

奇妙に思いつつも、自分自身にスカウトスコープを念じる。

ゼフ＝アインシュタイン
レベル 72
魔導レベル
　緋：50／62
　蒼：46／87
　翠：51／99
　空：48／89
　魄：46／97
魔力値
　1151／3732

やはりレベルが上がっている。それも二つも。

70を超えるとレベルを上げるために必要な経験値は跳ね上がり、そこらのボス級の魔物を十体倒して1上がればいいほうである。

驚いてセルベリエの方を見ると、彼女も力を確かめるように手をグーパーしていた。

「もしかしてセルベリエも……なのか？」

「あぁ、どうやらゼフもレベルが上がったようだな」

セルベリエのレベルは確か92。このレベルになると、毎日高レベルダンジョンで狩りを続けても一つレベルを上げるのに一年はかかってしまう。

どうやらこいつを倒した時に得られる経験値は凄まじいようだ。

「……ダークゼルだったか。こいつを倒しまくれば、ゼフが眠っていた三年分もすぐ取り返せるかもしれないな」

「丁度今、ワシも同じことを考えていたよ」

とはいえ、殆《ほとん》ど目撃証言のない魔物である。倒そうとして探そうにも方法はなく、まさに幻のような存在だ。

――だがそれはワシにとっては、であり、セルベリエには何か考えがあるらしい。

「クロに今のダークゼルのニオイを覚えさせた。これで離れたところで出現しても、感知することができる」

「索敵してよし攻撃してよし……便利だな、セルベリエの使い魔は」

「ゼフの使い魔アインも十分強力だろう？　……可愛らしいしな」

「本人に言ってやれよ、きっと喜ぶぞ？」

「……恥ずかしいではないか」

そう言って目を逸《そ》らすセルベリエ。

気づけばもう夕暮れ。空も暗くなり始めていた。

「アインか。そういえば、どこに行ったのだろうな」

天使のような翼を持つ長い金髪の少女で、ワシの使い魔、アインベル＝ルビーアイ。

アインは留守にすると言って去ったそうだが、一体どこをほっつき歩いているのやら。

「ちょっと異界まで、ね」

不意にワシの後ろから聞こえた、耳慣れた声。

思わず振り向くと、そこにいたのは背が高く、スタイルの良い少女だった。

自身の身長の倍近くある翼を背中にたたみ、長い金髪をさらりと流している。

その大人びた姿に似合わぬ得意げな表情で腕組みをするその少女、色々と大きくなってはいるが、まさか……

「アイン……か？」

「何で自信なさそうなのよっ！」

鋭いツッコミ。やはりアインである。

やれやれといった顔でため息を吐くアインは、ワシを値踏みするように頭からつま先まで、じっくりと見た。

「おじい、ちょっと背をぴんとして」

「む？」

ずい、とワシの正面にぴったりとくっついたアインは、ワシと自分の頭のてっぺんを手のひらで比べ始めた。

かなり背の伸びたアインであったが、まだワシのほうが高いのが気に入らないのか、悔しそうな顔をしている。

背比べに夢中になってワシに接近したことで、アインの胸がワシの身体にぴたぴたと触れた。これはずいぶんと……成長したようだな、アイン。

「……やるわねっ！」

「アインもな」

「ふん。そうね、まぁまぁかしら」

強がってはいるが、背の高さで負けたのが不満なようで、ワシを睨みつけてくる。

背は伸びたが、性格はあまり変わっていないな。

少し生意気な顔を見ていると不意に懐かしくなり、ワシはアインの頭を撫《な》でてやった。

「久しぶりだな。よく戻ってきてくれた、アイン」

「も、もうこんなに大きくなったんだから、子供扱いはやめてよね！」

「子供扱いなどしていないよ……本当に大きくなった」

「そういうのを子供扱いって……まぁ、いいや……」

少しムッとしつつも目を閉じて、されるがままになるアイン。

「それよりもーお腹ペコペコ！　ごはんちょーだい！」

「はいはい」

帰ってくるなりゴハンを要求するアインにジェムストーンを与えつつ、ワシらはしばし休息を取る。ダークゼルとの戦闘が長引いてしまったからな。少々疲れた。

「なんかね、ごはんのニオイがしたから帰ってきたの」

「……犬かお前は」

ぽりぽりとジェムストーンを口に放り込むアイン。

もしかして、ワシが大量のジェムストーンを持っているのを察知したのだろうか。

恐ろしい嗅覚……まぁ、おかげで今後の修業が捗《はかど》るのだから、文句はないのだが。

「それにしても、今までどこに行ってたんだ？」

「んとね、里帰りしてたの。私たちのいた世界にね」

「使い魔が住むとされている、我々のいる所とは全く異なる世界……確か異界とか言ったか」

「そうそれ！　結構色んな種族がいてさ。さっきみたいな黒いヤツとかね」

黒いヤツ……ダークゼルのことだな。

ワシはセルベリエと二人で顔を見合わせる。

「あっちは種族ごとにカッチリ区分けして住んでるから、私も自分たちの種族以外はあんまりわかんないんだけどね～」

「魔導師協会でも、異界のことは殆《ほとん》どわかっていないからな」

「新種の魔物かと思ったら異界の魔物か。なるほど、それなら理屈が合う」

「まー難しい話はその辺にして、私の歓迎会やりましょー♪」

って自分で言い出すんかい。別に構わんがな。

——ギルドハウスに戻ったワシらは、要望通りアインの歓迎会を開くことにした。

ミリィもレディアも、アインの成長ぶりに驚いている。

「でもさ、アインって見た目が大きくなったけど、何かできることが増えたりしたの？」

ミリィの言葉に、アインはにんまりと笑う。

「ふふん、ミリィ？　言っておくけど私、物凄い成長しちゃったもんね～」

「へぇ～、どんなことができるようになったのかな～？」

「そりゃもう、すっごくおじいの役に立つんだから！」

バチバチと火花を散らして立ち上がるアインとミリィ。互いに向かい合い、一歩ずつ近づいていく。二人ともなんだかんだ言って、まだまだ子供っぽいな。

一歩、また一歩。むにゅ、とアインの胸がミリィに押し当たると、アインは勝ち誇り、ミリィは屈辱に唇を歪《ゆが》める。

ミリィの奴、妙に突っかかると思ったらそういうことか。自分と比べてアインが色々と成長しているのが妬《ねた》ましいのだろう。

「わ、私だってゼフの役に立ってるし……っ！」

「そう？　ミリィは足手まといっておじい言ってたけど？」

「えっ!?　そ、そうなの？　ゼフ」

「……誰もそんなことは言っていない。妙な捏造《ねつぞう》は止めろ、アイン」

「ちぇっ、バレちゃったか」

成長したからか、アインは妙に強気になっているようである。

頭を抱えていると、レディアがミリィとアインの頭をぽんと撫《な》でる。

「「なによっ！」」

こういう時に限って声をそろえる二人に、レディアはニコリと笑いかける。

「二人とも、こういう時は何をするか知ってる？」

「「レディアは関係ないでしょっ！」」

やはりハモる二人。実は仲いいんじゃないのか、お前ら？

「そ、私は関係ないよね～。ま、だけど気に入らないことがあったなら、二人で思いきりバトルすればいいんだって！」

「「ばとる？」」

「そう、思いきり殴り合えば、お互いすっきりして仲良くなるって寸法よ♪」

「「はぁっ!?　わけわかんないしっ！」」

「はいはい、いいから行きましょっか～♪　あ、家を壊すような攻撃は当然ナシだから、仲良くケンカしましょうね～」

そう言ってレディアは暴れる二人を捕まえ、二階の大きなベッドがある部屋へと連れて行く。

あそこで、存分に二人のくんずほぐれつのキャットファイトを堪能しようという算段なのだろう。

残されたワシとセルベリエが、大きくため息を吐く。

「まったく……相変わらずだな」

「だがそんな光景も、つい最近まで見られなかった」

ワシが眠っていたせいで……と言いたげにワシへ視線を送るセルベリエ。

確かに、この『相変わらずの光景』はワシが眠っていたからそう感じるのであって、皆にとっては三年ぶりなのだろう。そう考えると無神経な発言だったか。

少しだけバツが悪くなり頭をかいていると、セルベリエがワシをゆっくりと抱き寄せた。

「おかえり、ゼフ……本当におかえり」

「む……ただいま」

そのまましばらく、ワシはセルベリエに抱きしめられながら、二階から聞こえるミリィとアインの嬌声《きょうせい》に耳を傾けていた。

余談だが、ミリィVSアインの戦いは、アインの圧勝で幕を閉じたそうだ。どうやら肉体的にも強くなっているらしい。

三年前、グレインにアッパーかましていたからな。実はそういう適性もあったのかもしれない。

◆　◆　◆

——それから数日、ワシらはダークゼルを狙い、狩りを続けていた。

セルベリエが生み出した小さなクロを近くのダンジョンに配置したおかげで、首都にいながらでもダンジョンに発生したダークゼルの発見が可能となっていた。

皆で朝食を取っていると、セルベリエの肩がぴくんと震える。またダークゼルを発見したようだ。

「……見つけた、ティロス廃工場だな」

「またあそこかぁ～、寒いからちょっとイヤなのよね～」

「レディアはお留守番でもいいんじゃない？　多分私たちだけでも楽勝だし♪」

「ん～、じゃあ任せちゃおうかな！　ゼフっちが起きてからはお店のほうも放置気味だしね～」

そう言って、うーんと大きく伸びをするレディア。

実際ダークゼルは超タフではあるがそこまで強くないため、倒すだけならぶっちゃけワシ一人でも何とかなる。

まぁ、ワシだけだと逃がす可能性が高いから、皆に協力してもらっているのだが。

準備をして庭に出ると、ミリィがサモンサーバントを念じた。

眩《まばゆ》い光と共に翼の生えた白い馬――ウルクがあらわれる。

ぶるる、と息を吐き身体を震わせ、ミリィに身体を寄せるウルク。

「やっほーウルっち、元気してた～？」

ウルクを撫《な》でようとレディアが近づくが、それに気づいたウルクは後ろ足を蹴り上げた。

「おわっ!?　も～、危ないな～」

「ごめんレディア。もー、めっ！　でしょウルク！　めっ！」

「ブルル……」

ミリィがウルクを叱りつけているが、聞く耳をもたずセルベリエに鼻息を吹きかけている。

それにしてもこいつ、ワシとレディアには妙にケンカを売ってくる。

逆にセルベリエやミリィには異常なまでにくっつくのだ。

まさかと思うが、貧乳派なのだろうか。だとしたら、シルシュとクロードも危険である。

「じゃ、いつも通り私とセルベリエはウルクに乗っていくから、ゼフはテレポートで、ね」

「あぁ」

ミリィとセルベリエを乗せたウルクは、大きな翼で羽ばたいて飛んでいった。

その様子をレディアと共に見送る。

「では、行ってくる」

「ん、いってらっさい♪」

レディアに見送られながら、ワシはテレポートを念じるのだった。


——ティロス廃工場。

ミリィとセルベリエはすでに到着し、入口で待ってくれていた。

ウルクの奴、性格は問題ありだがスピードはかなりのものだ。勝ち誇ってくるのが非常にウザい。

「あっちだ」

セルベリエが召喚したクロに導かれるまま、歩いていく。

進むこととしばし、セルベリエは立ち止まって指をさした。

「いたぞ、あそこだ」

セルベリエの声で、ワシとミリィが構える。

戦法はいつもと同じ。最初は普通に攻撃して、奴が発狂モードになったら相手を逃さぬようセルベリエが囲いを作り、ミリィとワシで攻撃するという算段だ。

「ウルクっ」

ミリィがウルクを呼び、その背に跨《また》がって片手で手綱を握ると、ウルクは蹄《ひづめ》を鳴らしてダークゼルに突撃していく。

「うりゃうりゃうりゃーっ！」

飛び上がったウルクは蹄《ひづめ》でダークゼルを踏みつけ、蹴飛ばし、さらにその上からミリィの魔導が放たれる。

ウルクの蹴りとミリィの魔導がダークゼルに連続して次々にヒット。まさに暴力の嵐だ。

大した反撃能力を持たぬダークゼルは、全くなす術《すべ》がないようで、魔力値を一気に減らしていく。

ウルクの気性の荒さを活かした、攻防一体の戦法である。

「あ、やばっ」

そう言ってダークゼルから離れるミリィ。

魔力切れか。使い魔の召喚状態を維持するのは魔力を消費するが、ウルクは特に消費が激しいようだ。単体で高い戦闘能力を持つからだろうか。

セルベリエのクロやワシのアインも、攻撃形態を取ると魔力消費は跳ね上がるしな。

「代われ、今度はワシがやる」

「うん、お願い」

後ろに下がったミリィはウルクを戻し、瞑想で魔力の回復に努めるのであった。

「さて」

ミリィの前に出ると、ワシもアインを呼び出した。

光と共にあらわれた剣は以前と比べてかなり大きく、重くなっており、それを振るうのは一苦労である。

大神剣アインベル。そう呼んでくれと先日アインは言っていた。

「ギィィ！」

ダークゼルの放つレッドスフィアを難なく受け止め、大神剣アインベルは赤い光を纏《まと》う。

ワシは大神剣アインベルをぶうんと振るうと同時に、ホワイトスフィアを念じる。

――二重合成魔導、ノヴァースフィア。

大神剣アインベルから放たれた白炎がダークゼルを包み込み、その身体を焼いていく。

神剣形態となったアインベルは、魔導を吸収し斬撃と共にそれを解き放つことができるのだ。

とはいえ、成長してワシの背丈ほどになった大神剣アインベルを振るうのはパワーがいる上、魔力の消耗も激しくなっており、維持するのはかなりしんどい。

「まったく、重くなったものだな」

「せ、成長したんだから仕方ないでしょっ！　泣き言言ってないで頑張りなさいよっ！」

「……わかっているよ、アイン」

タイムスクエアを念じ、時間停止中にホワイトクラッシュを四回念じる。

——四重合成魔導、ホワイトクラッシュスクエア。

発現した白い光は、唸《うな》りを上げながら大神剣アインベルへと吸い込まれていく。

以前は容量が少なく吸収できる魔導も限られていたが、成長し巨大化した大神剣アインベルの容量はかなり増えた。ここ数日の狩りで色々と試したところ、緋《ひ》系統最強魔導レッドゼロでも五重合成魔導でも吸収することが可能だった。

白く輝く大神剣アインベルを振るうと共に、もう一度タイムスクエアを念じる。

時間停止中に念じるのはホワイトクラッシュをさらに四回。それを大神剣アインベルを振るうと同時に放つ。

——八重合成魔導、ホワイトクラッシュオクタ。

一瞬、ダークゼルの中心が光ったかと思うと凄まじい閃光《せんこう》が辺りを照らし、眩《まばゆ》い光にワシとミリィは目を閉じる。

セルベリエはレンズの黒くなったメガネを装着し、涼しげな顔をしている……あれは、レディアが武器を作る際に装備していたな。

合成魔導は同じ魔導を混ぜるほど、飛躍的にその威力が向上する。

六重までは試したことがあったが、普通の攻撃魔導だと引き起こされる攻撃の余波でワシらまで巻き添えを喰らって危なかった。

身体強化のレッドグローブなども五重にすれば凄まじい効果が得られるが、全力で動くとすぐに身体が壊れてしまう。

五重以上合成して反動を受けないのは、身体的に直接影響のない魄《はく》の魔導くらいなのである。

「め、目がぁ～っ⁉」

……まぁ、あまりの眩《まぶ》しさに光をまともに食らったミリィの目が、しばらく見えなくなっていたので無害、というわけでもないが。

そんなことを考えていると、セルベリエがブルーウォールで氷壁を作り、ダークゼルを囲み始めた。

ダークゼルの魔力値が減り、そろそろ発狂モードになる。逃げられるのを防ぐための処置だ。

八重合成ホワイトクラッシュオクタは魔力の消耗が激しいが、その分、威力は絶大だ。

光が徐々に収まっていくと、そこでは身体の半分崩れたダークゼルが痙攣《けいれん》していた。

「んじゃ次は私が♪」

「任せた」

大神剣アインベルを消し、ワシは後ろに下がりミリィが前に出る。

基本的にダークゼル戦はワシが攻撃をし、消耗した魔力を瞑想で回復する間の時間をミリィが稼ぐことになっている。

ダークゼルは戦闘能力は低いが非常にタフであるため、大技の連打で瞬殺するのが最も効率的な戦法なのだ。

ミリィの体術は昔に比べると目を見張るものがあり、ダークゼルの攻撃を全く寄せつけない。

短いスカートを翻《ひるがえ》しながら、踊るようにブラッククラッシュでいなしていく。

「よっ……と！」

くるりと回ったミリィがダークゼルに手をかざし、ホワイトクラッシュを喰らわせた。

その衝撃でぼてん、ぼてんと転がっていくダークゼルは起き上がると共に、ミシミシと身体を軋《きし》ませ翼を生み出していく。発狂モードだ。

ちゃんとワシの回復するタイミングと、セルベリエが氷壁を張り終わるタイミングを見計らっての攻撃だった。ナイス、ミリィ。

「いくよっ！　ゼフ！」

「あぁ」

差し出されたミリィの手を取り、その魔力線の動きを読んでタイムスクエアを念じる。

ホワイトスフィアを四回、ミリィの魔導とタイミングを合わせて発動させる。

――五重合成魔導、ホワイトスフィアサークル。

眩《まばゆ》い光がダークゼルを焼き消すと共に感じる力の上昇。どうやらまたレベルが上がったようだ。

ワシは78、ミリィに至ってはすでに90である。うーむ、恐ろしい速度で強くなっているな。

そして消滅していくダークゼルから、真っ黒い水晶を回収する。

黒い水晶を拾ったのは二個目。それを手にしたミリィがひょいとワシに投げてきた。

「そういえばコレ、なんだろ？」

「さあな」

「私とレディアで解析しているが、どうも魔力の伝達を強める魔石の一種のようだな。こちらでは全く知られていないことから、異界の物質なのは間違いないだろう」

セルベリエがワシの手にある黒い水晶を見ながら言った。

何に使うかはわからないが、何かに使えそう、というのがレディアとセルベリエの見解である。

とりあえず集めて、その後の対処は二人に任せることにしていた。


目的を果たし、帰還したワシらを出迎えたのは見知った人物だった。

「よく戻ったのう」

「イエラ」

風の五天魔、イエラ＝シューゲル。セルベリエの母親でもある彼女は、あれこれとワシらを気にかけてくれているのだが……何やら今日は大事な用があるらしい。

イエラに座れと促されて皆が席につくと、イエラはもったいぶってコホンと咳払いをした後に説明を始める。

「今日はお主らに仕事の依頼があってな」

「私たちに？」

ワシらのギルド『蒼穹《そうきゅう》の狩人《かりゅうど》』のマスターであるミリィは、首を傾げた。

「実は、イズの港町付近に新しくダンジョンが生まれてしまってのぅ……その封印を頼みたいのじゃよ」

——イズの港町。現在、シルシュが住んでいる場所である。

色々バタバタしていて忘れていたが、そういえばまだ会っていなかったな。

薄桃色の髪をした獣人の少女、シルシュ＝オンスロート。彼女は教会で子供たちの世話をするシスターである。

それにしても、ダンジョンが生まれてしまったとは、少々物騒な話だ。

「いやぁ、三年前のグレインの件の影響で、協会からごっそり人が抜けてしまってのう。街の守護結界が少々綻《ほころ》んでおったのに、誰も気づかなかったみたいなのじゃよ……はっはっは」

「笑いごとじゃないだろババア」

セルベリエはイエラを見ようともせず、冷たく言い放つ。

「……しょうがないではないか。妾《わらわ》だって休む間もなく頑張っとるんじゃモン」

「モン、じゃないだろう。キモ……」

「なにおぅ、母親に逆らうのか？　お前が妾《わらわ》の代わりに五天魔をやるかの？　別に妾《わらわ》は構わんのじゃぞ？　ん～？」

「……チッ」

長い沈黙の後、小さく舌打ちしてセルベリエはぶつぶつ言いながらイエラから逃げてしまった。

諦めろセルベリエ、口喧嘩では敵《かな》わんぞ。

しかし三年前のグレイン事件か。

元派遣魔導師グレインを逃がし、ワシを死の寸前にまで追い込んだあの一件。

聞いた話ではそれ以来、魔導師協会の権威はがた落ち、派遣魔導師の数も半分にまで減ったそうである。

おかげで五天魔の仕事は大幅に増えたらしく、イエラも今は相当忙しいのだろう。三年前はよくここを訪れていたが、そういえば顔を合わせたのは目が覚めてから初めてだ。

「……というワケで、頼めるかのう？」

「どうする？　ゼフ」

「ふむ、そろそろシルシュに会いに行こうと思っていたし、丁度いいのではないか？」

「んーまぁそうかもね……わかったわ、イエラさん！　その依頼受けます」

「おおっ、恩に着るぞミリィちゃん！」

というわけで、ワシらはイズの港町の近くに生まれたダンジョンを封印するという依頼を受けたのである。

2

——翌日、ワシらはレディアに言われ街の外に集まっていた。

「で、レディアはどこに行ったの？」

「さあな、何か持ってくるとか言っていたが」

「やーごめんごめん、お待たせみんなーっ」

門から出てきたレディアは、何やら車輪の付いた小屋のようなものをゴロゴロと引っ張っている。

「何だそれは？」

「ふふん、これは馬車よ。これをウルっちに引いてもらって、皆で一緒に行きましょーっ♪」

確かによく見れば馬車だが……これ、空を飛ぶウルクに引っ張らせたら、えらいことになるのではないか？

ワシの不安げな顔に気づいたのか、セルベリエが解説を付け加える。

「心配することはない。以前調べたが、ウルクは魔力で空に道を作り、その中を飛ぶように走る。ウルクの蹄《ひづめ》の欠片《かけら》を混ぜた馬車の車輪も、その軌道をなぞるように走った……実験済みだ」

「時々ウルクを貸してくれって言ってたのは、そういうことだったのね」

「まぁね。それじゃミリィちゃん、操縦はヨロシクぅ」

馬車に乗ったワシらと、ウルクの背に跨《また》がるミリィ。

「ほ、ほんとに飛べるのかなぁ……コレ……」

「だいじょぶだいじょぶ～♪」

ワシの横でレディアが能天気に笑っている。

ウルクの方を心配げに見るミリィであったが、当の本人は大して気にしていないようで、ミリィの身体を舐《な》め回そうと顔を近づけている。それを避けるミリィ。

「ウルクっ！　めっ！」

「ぶるる……」

すごく不機嫌そうな顔のウルクを見て、ミリィは仕方ないなといった表情で頭を撫《な》でている。

おい、そうやって甘やかすからつけあがるのだぞ。

「はぁ……もう、じゃあ頑張ったらご褒美あげるから、ね？」

「ぶふぉう！」

ミリィの言葉にテンションを上げるウルク。

とりあえずこいつはいつか殺そうと決意しつつ、ワシらはウルクに引かれて空へと旅立った。

「うわぁーっ！　すっごいねぇー」

空高く、ワシらの乗った馬車を引っ張りながら天を舞うウルク。

ミリィを背に、さらに三人乗った馬車を引くとは中々のパワーだ。心配していたが、飛行能力に問題はないようである。

ばさ、ばさと大きな翼を羽ばたかせながら、物凄い速度で空を飛んでいく。

本来であれば揺れまくりで、こんな安定した飛行など不可能なのだが、この馬車に取り付けられた魔導装置で周りの空気を操作し、揺れを抑えているのだとか。

セルベリエとレディアは、魔導と鍛冶の技術を駆使し怪しげなモノをたくさん作っているようだ。

「たっかいねぇ～ゼフっち、まるで人がアリみたい！」

「何か……妙にテンション高いではないか。実験で何度か乗っていたのだろう？」

「皆で乗ると、テンションも上がるじゃん！　ね、せっちん、ゼフっち」

セルベリエと二人、レディアに抱きしめられる。

まぁ確かにこの眺めは絶景である。ワシもこんなふうに空を飛ぶのは初めてだしな。

「それにしても、シルシュと会うのも久しぶりだな」

「だね～。最近シルっち、忙しいのかあまりこっちに来てなかったから、私たちも久しぶりだよ～」

すぐに会いに行くべきだったかもしれないが、ワシの方も色々とやりたいことがあったのだ。

丁度リハビリも終わり、まともに戦闘ができるようになってきたし、この依頼、ある意味丁度いいタイミングである。

「あ、見て見て、あそこゴブニュの沼地だよね。もうこんな所まできちゃったんだ～。うはぁ、すごいねぇ～」

「……楽しそうだな、レディア」

「だって楽しいんだもん！」

《うぅ……みんな楽しそう……》

ミリィの呟《つぶや》くような念話が聞こえてくる。

完全に忘れていたが、そういえばずっとウルクの背に乗り、操縦していたのであったか。

ウルクの方へ視線を向けると、ミリィが寂しそうにこちらを見ていたのだった。

ワシらは、しばらくして港町イズへと辿《たど》りついた。様子は……特に変わりないようである。

「ダンジョンが近くにできたと聞いたが、思ったよりは平和だな」

「あぁ、町の守護結界はまだ機能しているらしい」

守護結界は基本的に町を中心に張られている。円形に展開したその一部が欠損したことで、ダンジョンが生まれたのだろう。

イエラは魔導師協会が応急処置をしたと言っていたし、ならば町にすぐ魔物が入ってくることもない。ダンジョンの封印は一刻を争うというほどではないな。

そう判断し、まずはシルシュのいる教会へと向かうことにする。

「結構久しぶりだな」

イズの港町の外れ、入口からでも見える丘の上に、シルシュの住んでいる教会が見える。

その庭で元気よく、子供たちが遊んでいるようだ。

ワシらが教会に到着すると、一人の少年がこちらに気づき走って近づいてきた。それに続いて、他の子供たちも駆け寄ってくる。

「あーっ！　ミリィさんにレディアさん、セルベリエさんも来てくれたんですか！」

「やっほーリゥイ君、久しぶり♪」

「また背ぇ伸びたんじゃない？」

「いやいや、レディアさんには敵《かな》わないっすよー」

「元気そうだな」

「はい、セルベリエさんもお変わりない様子で」

皆に挨拶をした浅黒い少年は、小さな耳をぴょこんと立てて快活な笑みを浮かべている。

タンクトップに半ズボン、何とも元気の良い格好だ。

しかしこれがリゥイか。三年前はもっと幼かったが、しばらく会っていないうちに随分たくましく育ったな。

「そちらの方は……」

セルベリエとは面識がなかったはずだが、この三年で知り合いになったのだろうか。

「久しぶりだな。リゥイ」

「っ……その声、まさかゼフ……兄？」

「まぁな、リゥイも大きくなったではないか」

「ゼフ兄こそ……でかくなりすぎでしょ……」

「ふふふ、寝る子は育つのだよ。それよりシルシュはいるか？」

「えぇと……多分滝行やってるんじゃないかな……」

「タキギョウ？　何それ？」

ミリィの問いかけにリゥイは、どう説明したものかと頭をぽりぽりと掻いた後、口を開く。

「え～と、シル姉はちょっと前に師匠ができちゃってさ、最近はその人とよく一緒にいるんだよ。原種の力を抑える方法を教えてやる～とかなんとか」

「あー、そういえばそんなこと言ってたっけ」

シルシュは獣人の中でも珍しい原種という種族である。

感情が昂《たか》ぶると瞳や髪の毛が真っ赤に染まり、特に強い怒りによって赤くなった場合、破壊衝動に支配され敵味方関係なく攻撃してしまう。

それを抑える修業をするため、ワシらと旅をしていたのだが……結局ワシが長い眠りについてしまい、有耶無耶《うやむや》になっていたのだったな。

シルシュに悪いことをしたと思ったが、結局抑える方法は見つかったらしい。

「待っているのも暇だし、ワシらも行ってみるか。案内してもらえるか？　リゥイ」

「おうよ、お安い御用だぜ、ゼフ兄！」

リゥイに連れられて辿《たど》りついたのは、イズの港町の外れにある岩場。

ここには海へ注ぐ大河が流れており、そこにある滝の一つでシルシュは滝行をしているらしい。

「それにしても、滝行か。遠い異国の地ではその手の修業があるが」

「セッちんも知ってるんだ？」

「……実は昔、ババアにやらされたことがある」

「あっはは！　そーなんだぁ～」

そんな話をしながら歩いていくと、滝の音が大きくなってきた。

辿《たど》りついた先の開けた場所にあったのは、大きな滝。だが、シルシュの姿はない。

「いないな」

「ん～ちょっと待って」

くんくんとニオイを嗅いでいたリゥイが手招きをする。

「……ニオイが残ってる。さっきまでここにいたみたいだぜ。師匠さんのニオイもあるから、一緒にいたのは間違いないと思う」

「ふむ、どこに行ったのかわかるか？」

「ここじゃなかったら、アサの草原にいるんじゃないかな。何か、凄く速く伸びる草を飛び越える修業をしてるって聞いたし」

「アサの草越え……それ、私もやらされたことがあるな……」

「あっはは、セッちん詳しすぎ！　それも異国の修業ってやつ？」

「ババアが好きなんだよ、そういうの」

イエラは異国かぶれだからな。面白がってセルベリエにやらせていたのだろう。


リゥイに連れられアサの草原に移動したが、そこでもシルシュに会うことはできなかった。

「んー……またすれ違いみたいだな……」

辺りには伸びた草があり、いくつもの足跡が残されている。

この靴のサイズは、確かにシルシュのものか。

「もう一種類あるな」

シルシュのものとは別の、少し小さな足跡は縄目状の靴と思われるが、見たこともないような形をしている。

「ゾウリ、だな。異国の靴で、その民が好んで履《は》くという」

「シルシュの師匠とやらは、異国の者かもしれない」

シルシュの師匠か。少し興味が出てきたな。

その後もシルシュを追って様々な場所を巡ったが、すれ違い、すれ違いで結局会うことはできなかった。しかし、シルシュが何をしているかはある程度わかった。かなりの修業をこなしているようである。

歩き疲れて教会に帰って来ると、何やらいいニオイが漂ってきた。

窓越しに見える、頭に耳の生えたシルエットは、間違いなくシルシュのものだ。

それを見たミリィはがっくりと肩を落とし、へなへなとワシに身体を預けてきた。

「何よもぉ～、結局行き違いじゃないのっ！」

「教会で待ってればよかったな」

「ここまで来たら意地でも見つけようって、ゼフも賛成したでしょ！」

「あっはは、まぁいいじゃない、私は楽しかったよ？」

ぶーたれていたミリィは、レディアに宥《なだ》められてため息をついた。

皆でワイワイ言いながら教会の扉を開こうとした、その時。

「――動くな」

ワシの喉元に当たる、ひやりと冷たいもの。

見ると、ワシの首元に短刀が突きつけられていた。右手を後ろに捻《ひね》り上げられ、ミシリと関節が悲鳴を上げる。

ここからでは顔はよく見えないが、ワシの後ろに誰かがいる。

「ゼフっ！」

「貴様らもだ」

静かだが、力強い声に気圧《けお》され、ミリィたちは動きを止める。

く、全く気づかなかった……レディアの感知にも引っかからずワシの後ろを取るとは、こいつ只《ただ》者《もの》ではないな。

「質問に答えろ。お主、何者でゴザルか？」

じわじわとワシの喉元に当てられたものへ込められる力が増していく。

……やらざるを得ないか。ワシが構えた瞬間である。

「ゼフさんっ!?」

シルシュの声で、力が緩む。その隙にワシは拘束から抜け出し距離を取った。

振り向くと、そいつは黒覆面をして目だけが出ている。「何者」と聞かれたが、お前のほうがよほど怪しいぞ。

「サルトビさん待ってください！　この方は……ゼフさんは私の友人です！」

「む、お主があの……？」

サルトビと呼ばれた奴は、ゆっくりと短刀を下げていった。

シルシュはワシとサルトビの間に入る。

長い薄桃の髪、そして頭上に生えた獣の耳。三年ぶりのシルシュとの再会だ。

以前と同じシスターの格好だが、三年前のようなひょろっとした感じではない。明らかに身体が鍛えられている。

「この方はサルトビさん。私の師匠をしてくれているのですよ」

「サルトビでゴザル。先刻は無礼を許してくれ」

「ゼフ＝アインシュタインだ。シルシュが世話になっているそうだな」

どうやら疑いは晴れたらしい。サルトビに差し出された手を握り返す。

「サルトビ……か。もしかして、私とどこかで会ったことがないか？」

セルベリエが一歩進み出て問いかけた。

「拙者はイエラ殿に従うシノビ。あのお方には世話になっているでゴザル」

「……やはりそうか」

なるほど、イエラが自分の部下をシルシュの師匠として送ったのか。

「まぁまぁ、その話は食事でもしながらにしませんか？　ゼフさんたちも長旅で疲れたでしょう？」

「そーねっ、今日はシルシュを探し回ったし、お腹ペコペコだよぉ～」

「シチュー作ってるのね、私も手伝うよ、シルっち」

皆で教会の奥に入り、食卓を囲む。

「ゼフさん、よく無事に目を覚ましてくださいました。きっと神のご加護があったからですね」

「ついでにミリィの魔導もな」

「つ、ついでって何よ！」

　くっくっと笑っていると、ミリィが頬を膨らませ抗議の声を上げた。まったく、冗談だというのに。

　ミリィの頭を撫《な》でてやると、真っ赤な顔で不機嫌そうに俯《うつむ》いた。

　サルトビはワシらの会話に加わることなく、覆面を被《かぶ》ったまま器用に食事を取っている。

　もしかしてあいつ、四六時中あの覆面を被《かぶ》っているのだろうか？

「シルシュはサルトビの素顔を見たことがあるのか？」

「えと……実はありません。見せたくないとのことなので、私も強くはお願いしませんでした」

　シルシュも詳しくは知らないらしい。

　レディアはサルトビの素顔を見ようと首を亀のように動かしているが、サルトビは全く意に介していない。

　む。あの覆面、魔導が込められているな。恐らく光の屈折を利用して、顔がほとんど見えぬように細工してあるのだ。だから、どう頑張っても見えないぞ、レディア。

「ねぇシルシュ、サルトビさんのこと、紹介してもらってもいい？」

「あ、そうですよね！　うっかりしてました」

「ならば拙者から話そうか」

　スプーンをテーブルに置き、ナプキンで口を拭《ふ》くとサルトビは語り始める。

「拙者はイエラ殿に命じられ、シルシュ殿の師をやっているサルトビという者だ。同じ獣人の原種であるため、その力の使い方を教えている」

「教えられてます」

ぺこりとサルトビに頭を下げるシルシュ。

なるほど、同種同士ならいろいろ教えられることもあるか。

「……それよりお主ら、イエラ殿から依頼を受けてきたのだろう？」

「ぬ、知ってるのか？」

「拙者が報告したからな……封印の魔法陣は用意してある。明日にでも同行してもらえるか？」

サルトビが取り出したのは、魔法陣が描かれた一枚の紙。

これは守護結界を張る魔法陣で、魔力を込めることで発動できる。

そして一度展開してしまえば、数年は魔物の発生を防ぐ効果が続くのだ。

街を作る時などはこれを大地に張り巡らせ、周りをダンジョン化させぬようにしてから、施設の建設を始めることになっている。

生まれたばかりのダンジョンであれば、その中心部に貼り付けることで以前のように安全な場所にすることも可能だ。

「ああ、もちろんだ。案内を頼む」

「手並み拝見といったところかな」

ワシとサルトビは互いを探り合うように、握手を交わすのだった。

「ごちそうさまでしたーっ」

食べ終わると子供たちは手を合わせ、食事への感謝の言葉を述べる。

ワシらもそれに倣《なら》い、手を合わせた。

シルシュの作る食事は相変わらず質素なもので、野草や市場から貰《もら》ってきたくず肉で作ったシチューと固いパンである。しかも、量も少なめだ。

以前リゥイは足りない腹を満たすため、市場で物乞いの真似事をやっていたが、この量では食べ盛りの子供は満足しないかもしれんなぁ。

ワシも少し物足りず、空腹を感じている。あとで市場に行って、何か買って食べよう。

そんなことを考えていると、レディアが袋の中からごそごそと何かを取り出した。

ワシらが囲む大きなテーブルの上に置かれたものは、厚紙の箱。それを開けて中からあらわれたのは、ホイップクリームで彩られたまるで城のような菓子——ケーキである。

「実はケーキ作ってきたんだけど、みんな食べるー？」

「わぁーっ！　たべるたべるーっ」

「レディアおねーちゃん大好きーっ」

「あっはは～喜んでもらえて嬉しいよ～」

わらわらとレディアに抱きつく子供たち。

もみくちゃにされているレディアは嬉しそうだ。子供の人気を得るためにケーキを作ってきたのか……やるな。

「ありがとうございます、レディアさん」

「いいよ、私がやりたくてやったことだし♪　シルっちも食べる？　好きでしょ、こーいうの」

「えと……私は……」

「尻尾が動いているぞシルシュ」

「はわっ⁉」

遠慮しようとしたシルシュの尻尾は、ブンブンとすごく嬉しそうに動いていた。

感情が隠せないのは、ある意味、不便なものだな。

クスクスと皆に笑われ、シルシュはその髪も頬も、真っ赤に染まった。

原種であるシルシュは感情が大きく動くと、髪や目が赤く染まってしまうのだ。さすがに、この程度では暴走はしないが。

「ま、まぁ食べましょ！　いっぱい作ってきたから、遠慮しないで食べてね〜」

「わ〜い！」

嬉しそうにケーキを頬張り、おかわりを要求してくる子供たちの顔を見て目尻を下げるレディア。

うーむ、これはワシの分はなさそうだな。

そんなことを考えながら部屋の隅にある机まで移動し、椅子に腰掛ける。

すると、ミリィが両手を後ろに隠しながら近づいてきた。

「え、えとねゼフ。これ……はいっ！」

ミリィが差し出したのは、小皿に載ったケーキである。

「いつの間に手に入れてきたのだ？」

「……実はこれ、私が作ったんだ」

「ほぅ」

確かに、レディアのケーキとは少し違う。

ミリィのケーキは手のひらに載るくらいの小さなもので、形もレディアのものと比べると少々不格好だ。それでもクリームで模様が描いてあったり、上面にはハートマークがあったりと可愛らしくデコレーションされており、手間がかかっているのがわかる。まさに手作りといった感じだ。

その微笑ましさに、ついワシの口元が緩む。

「な、なによ……」

「いや、可愛らしいなと思ってな」

「っ……ば、ばか……いいから早く食べなさいよ」

真っ赤になって目を逸《そ》らすミリィは、ケーキを載せた皿をワシに押しつけてきた。

自分で作って恥ずかしがっていては世話がないな。

苦笑しつつ、ケーキをフォークで切り分けて口に運んでいくのを、余程気になるのかミリィがちらちらと見てくる。

「ど、どう……？」

「うむ……」

もぐもぐと口を動かし、確かめるようにじっくりと舌の上で味わう。

その様子をじーっと目を大きく見開いて見ているミリィ。そんなに見られたら食べづらいぞ。

口に入れたケーキは最初は少し甘く感じられたが、滑らかなクリームの舌触りを楽しんで口の中で転がしているうちに溶けていく。

ほのかな甘味を残しつつも、後味はあっさりとしていた。もう一口が欲しくなる。

「うむ、美味《うま》いぞミリィ。腕を上げたな」

「ほんとっ⁉」

三年前はクッキーくらいしか焼けなかったが、レディアに色々習ったのであろう。その腕前はかなり上がっていた。

よしよしと頭を撫《な》でてやると、嬉しそうな顔で笑う。

「ミリィも食べてみるか？」

「へっ？」

すっとんきょうな声を出したミリィの口に、一口サイズに切ったケーキをフォークで取り、近づけていく。

しかし、ミリィは何故か赤くなり、ワシから顔を背《そむ》けた。

「いやっ、私は遠慮しとく……」

「ん？　自分で作ったものなのだ、毒など入っておらぬだろう？」

「し、知ってるわよ！」

「では何故だ？」

ミリィはきょろきょろと辺りを見渡している。

皆の注意は大きなケーキを切り分けているレディアに向けられており、それにホッとしたミリィはワシに顔を近づけて呟《つぶや》いた。

「だって、みんなが見てる前でゼフに食べさせられたら恥ずかしいじゃない……」

「なんだ、そんなことか」

「そんなことかって……ひゃっ⁉」

小さな悲鳴など気にせず、ミリィを目の前の大きな机の下へと押し込んでやった。

見られるのが恥ずかしいなら、見えないように机の下に隠してやればいいだけだ。

「ちょ、ちょっと……ゼフ……」

「あまり大きな声を出すと、見つかってしまうぞ」

丁度ワシの足の間に挟まるように、ミリィがしゃがみこんでいる。

戸惑いながらワシを見上げるミリィ。

「ほらミリィ、口を開けろ」

「ん……もう……わかったわよ」

ケーキを机の下に持っていき、少しずつ切り分けてミリィの口へと運ぶ。

変な姿勢だからか少し難しいな……

たどたどしく運ばれたケーキがミリィの口元に当たり、少しずつ白く染まっていく。

それをぺろりと舌で舐《な》めとり、にっこりと笑うミリィ。

「ん……ぺろ……えへへ、確かに美味しいね」

「うむ」

丁度撫《な》でやすい位置にあったミリィの頭を、よしよしと撫《な》でてやる。

「あれ？　ミリィちゃんどこ行ったの？」

と、いきなりレディアの声が上がり、ワシは反射的にミリィを隠すように両足で挟み込む。

「むぐぅっ⁉」

ワシの両足に挟まれ、ミリィは苦悶《くもん》の声を上げた。

慌ててレディアに答える。

「み、ミリィならトイレに行くと言っていたぞ」

「ありゃ、そっか〜残念。チーズケーキ作ってきたのになぁ。ゼフっちのもあるよ？」

レディアが手に持っているのは、白いチーズで彩られたケーキ。ワシのと合わせて二つ分である。

「戻ってきたら渡しておくよ」

「そう？　ありがとゼフっち♪」

ワシの目の前にケーキを二つ置いて、レディアは子供たちのもとへと帰っていった。

ふう、間一髪だった。冷や汗をかいていると、ミリィが念話で話しかけてくる。

《ちょ……ゼフっ苦しいんだけど……》

《あぁ、すまんすまん》

忘れていたが、ミリィを足で挟んでいたのだった。

すぐに解放してやると、けほけほと苦しそうに咳き込む声が聞こえてくる。
《ほら、レディアがケーキを持ってきてくれたぞ》
《わ、これレディアが前に作ってた新しいケーキだ！　すっごく美味しいんだよ》
《そうなのか》
子供達のいるテーブルを見れば、向こうでも大好評だ。セルベリエやシルシュも、その美味《うま》さに目を丸くしてる。
《ね、ねぇゼフ……また食べさせてもらってもいい……？》
《あぁ、構わないよ》
ミリィの奴、ワシに食べさせてもらうのが気に入ったのか。
レディアの持ってきたケーキを切り分け、フォークでワシの股下、ミリィの顔がある辺りに近づけていく。
手元が狂い、べちょと音がしてケーキはミリィの顔に当たってしまった。
《あんもう、顔についちゃったじゃない……》
《すまん、なかなか難しいものでな。ミリィ、もう一度口を開けてくれ》
《あ～ん♪》
またケーキを取り分け、ミリィの口内へと入れてやる。
美味しそうに咥《くわ》えるミリィは、中々フォークを放さない。まったく、意地汚いな。
ミリィの顔は白く汚れていたが、レディアのケーキが美味しかったのか、満足そうに唇についたクリームをぺろりと舐《な》め取るのであった。

◆　◆　◆

翌日、サルトビの案内でワシらは守護結界を張るポイントへと出発した。

シルシュとセルベリエは留守番だ。万が一の魔物の襲撃に備えてである。

道すがらそこそこの魔物はあらわれたが、ワシらの敵ではない。

森の中、草むらをかき分けて辿《たど》りついたのは、小さな泉であった。

他の場所とは違い、この周囲には明らかに魔力が満ちているように感じる。

「ここがダンジョンの中心……？」

「そのようでゴザルな」

サルトビが一歩踏み出し、袋の中から一枚の布を取り出す。

布に描かれているのは封印の魔法陣。これは魔導師協会が作り出した魔道具の一種で、大量の魔力を注ぎ込むことで強力な守護結界を生み出し、魔物を封印することができるのだ。

街や重要建築物には必ず張られており、結界が欠けた際は即座に魔導師協会の者が派遣され、新たな守護結界が展開される。

今回は対応が間に合わず、その隙にダンジョンが生まれたということだろう。

本来は魔導師協会の仕事だが、ワシらはイエラからの依頼を受けたからな。

「では、これに魔力を込めてもらえるか？」

「ワシがやろう」

「はいはーい！　私もやりまーす」

守護結界の発動には多くの魔力を必要とする。細かい制御よりも、単純に量が重要だ。

今は、ミリィのバカみたいな魔力量は頼りになるな。

袋から一本の杖を取り出し魔法陣の中心に突き立て、ミリィを手招きして呼び寄せる。

「これを握れ、ミリィ」

「うん、これに魔力を込めればいいんだね？」

「あぁ……いくぞ」

「ん……っ！」

ゆっくりと全身に魔力をみなぎらせ、ワシとミリィは手を重ね、杖を通じて魔法陣に魔力を込めていく。

むぅ、やはりミリィの魔力量はとんでもないな。ものすごい勢いで魔法陣に魔力が満ちていくのがわかる。

「くっ……お腹の中が引きずりだされそう……っ！」

「ガマンしろミリィ」

「う……んっ」

ミリィと二人、魔法陣に魔力を込めているとサルトビの鼻先がピクリと動いた。

同時に、周りから感じる強烈な獣のニオイ。

「……魔物でゴザル」

「……みたいねぇ」

サルトビは腰から短刀を、レディアは袋からずらりと長斧を抜き放つ。

ミリィが加勢のために杖から手を離そうとするのを、ワシは押さえつけた。

「ゼフっ……⁉」

「途中で魔力を注ぐのを止めると、中途半端な力で守護結界が発動してしまう。まだ魔力が全くたまっていない状態だ。今、手を離してはダメだ、ミリィ」

「でも……」

不安げにワシの顔を見るミリィの手を、ワシはぎゅっと握りしめる。

「大丈夫だ、二人を信じろよ」

「……ん、わかった」

ミリィは決心したように目を瞑《つむ》ると、さらに魔力を上昇させていく。

おいおい、さっきのが全力じゃなかったのかよ。早く終わらせてレディアたちに加勢しようということか。まったく、ミリィの底は計り知れないな。

「てやぁっ！」

「……ふっ！」

飛び掛かってくる様々な魔物を、レディアとサルトビは切って捨てていく。二人は魔法陣に魔力を込めるワシらを守るべく、前後に分かれて魔物の進行を防いでくれているのだ。

ミリィをなだめるため、大丈夫とは言ったが……魔法陣に注いだ魔力は半分にも満たぬ。くそ、焦《じ》れてくるな。

しかし、今のところは大丈夫だ。生まれたばかりのダンジョンには、さして強い魔物はいない。

レディアにもサルトビにもかなり余裕があるし、このまま行けば問題なく封印は終わるであろう。

「グゴオオオオオオオオォ‼」

と、いきなり地の底から響くような声が聞こえてきた。

ミリィがびっくりして手を離しそうになるのを、無理矢理押さえつける。

「な、何このすっごい声……」

「ウェアウルフ、だな」

――ウェアウルフ。分厚い筋肉を持つ黒い狼の魔物だ。自身の身体ほどもある大きな刃物を手にして、二本足で立つ姿は巨体の狼男といった風貌。

この大陸に棲息する魔物の中では、かなり強い部類に入る。

ミリィは不安げにワシの手をぎゅっと握りしめてくる。

「サルっち！　こっちは任せて！」

「……わかった」

長斧を構え、ウェアウルフの前に立ち塞がるレディアを少し心配そうに見た後、サルトビは別の魔物の群れへと突っ込んでいく。

「ゼフ……っ」

「確かに、少しヤバいかもしれんな」

ウェアウルフは地域的に考えて、ここにあらわれてもおかしくはない……のだが。

タイミングが良すぎるな。ここに集まってきた魔物といい、守護結界を張られるのを嫌がったのだろうか。

「ミリィ、ワシはレディアたちの加勢に行く」

「ゼフっ!?」

「ミリィのほうがワシより魔力が高いだろう？　なぁに、すぐ戻るさ」

「……うん、気をつけてね」

杖から手を離し、くしゃりとミリィの髪を撫《な》でてやる。

魔力注入を維持するだけならば、ミリィ一人で十分であろう。

あとは、ミリィが驚いて咄嗟《とっさ》に手を離さないかだけが心配である。

魔物の群れはかなり多く、ワシらを囲む円陣が徐々に狭まっていた。

レディアがウェアウルフとタイマンを張り、サルトビが魔物の群れに一人で立ち向かっているが、いくら何でも多勢に無勢だ。こういう時こそ、範囲攻撃を持つ魔導師《ワシ》の出番である。

「サルトビ、レディア、魔導でこいつらを蹴散らす！　巻き添えに注意してくれよ！」

戦闘中の二人に注意を促して、ミリィの近く、魔物たちの円陣の中心でワシはタイムスクエアを念じる。

時間停止中に念じるのはレッドウェーブ、ブルーウェーブ、ブラックウェーブ、グリーンウェーブ。

――四重合成魔導、テトラウェーブ。

ワシが右手を弧を描くように振るうと、その軌道に沿って金色の波が周囲に広がっていく。

ワシの腰ほどの高さの金色の波は障害物を弾き、触れた魔物を消し飛ばしていった。

ウェーブ系魔導の攻撃力はかなり低いが、四重合成ともなればこの辺りの魔物には十分である。

サルトビがその波をひょいと飛び越えると、その前方にいた魔物が消滅した。

レディアも後ろを見ずに躱《かわ》し、金色の波が交戦中だったウェアウルフの身体を削る。

「グゴォア⁉」

じゅうう、とウェアウルフの毛が焦げる音が聞こえたが、奴が気合いを入れると金色の波はかき消されてしまった。その後ろに控えていた魔物の群れも無事である。

ちっ、流石《さすが》にボス格に近いレベルの魔物には通用しないか。

だが、露払いは終わった。これでウェアウルフに集中できるというものだ。

「ワシが動けないミリィの面倒を見ながら後衛をやる。二人はウェアウルフの相手を」

そう言ってレディアとサルトビの肩を掴《つか》み、マゼンダコートを念じてやる。

筋力と速度を上昇させる合成魔導だ。二人の身体を、赤と黒のまだらのオーラが包む。

「あいあいさーっ！」

「承知」

身体を包んだ魔導の光。その残光を引いてレディアとサルトビはまるで風のように姿を消してしまった。

直後、ウェアウルフの巨体に走る、斬撃の跡。

鋭い攻撃が何度も巨体を襲い、ウェアウルフは両腕を上げてガードの姿勢を取らざるを得ない。

「グゴ……ォ……アアアアッ！」

一瞬、斬撃の雨が止んだ後、ウェアウルフは狂ったように手に持った巨大な刃物を振り回す。

だが、そんなもの当たるはずがない。

ウェアウルフの強い腕力と凄まじい体力は脅威だが、巨大な刃物による物理攻撃以外は特に攻撃手段を持たない魔物だ。当たらなければどうと言うことはない。あの二人なら楽勝だろう。

ワシは周囲を警戒しつつ、瞑想で魔力の回復を始める。

守護結界にかなり魔力を注いでしまったし、基本的にウェアウルフは二人に任せるつもりではあるが、何が起こるかわからぬからな。用心するに越したことはない。

不意に、ミリィの後ろに忍び寄って来ていた魔物、ライトスネイクがバネのごとき動きで飛び掛かってきた。

だが、ワシはすでにミリィの後ろに待機させてあった魔導を発現させ、一撃で焼き払う。

「させぬよ」

火の粉が散り、ライトスネイクが消えていく間もミリィは杖を握って目を瞑り、微動だにしない。

一生懸命に守護結界に魔力を込めているようだ。

なまじ周りが見えると集中が乱れてしまうから、そうしているのか。

危ないが、ミリィはワシが自分を守ってくれると信じているのだろう。だから放っておけないのだ、こいつは。

懸命なミリィの表情を見ていると、つい笑みが浮かんだ。

レディアが長斧をぶん回してウェアウルフの刃物を滑らせるように捌《さば》き、何度も斬撃を繰り出していくのを、サルトビが少し下がってフォローしている。

二人のコンビネーションは絶妙で、ウェアウルフはさっきから殆《ほとん》ど何もできていない。

よし、魔力も大分回復してきたな。

ミリィに近づいてくる魔物は、全てワシが焼き払っている。周囲にいくつか発動待機させているレッドスフィアは、ワシが魔物を視認した瞬間に即座に発動させることができるのだ。

これで焼ける程度の弱い魔物ばかりなのは、不幸中の幸いである。

見たところ、守護結界に込められている魔力はすでに七割近く。

ミリィが懸命に魔力を込めているおかげだ。この調子なら、レディアたちがウェアウルフを倒す前に守護結界は発動するだろう。

「ゴウウウウゥ……」

唸《うな》り声を上げるウェアウルフは、かなりボロボロになっている。

自分の攻撃は当たらず、レディア達には好き放題されているのだ。さぞ頭に血が上っていることだろう。くく、怒れ怒れ。

怒りにより、ウェアウルフはレディアたちの方へとさらに意識を向ける。

二人は大丈夫だ、あんな奴の攻撃など当たるわけがない。

ワシは、あえてウェアウルフには攻撃しなかった。奴の怒りがワシの方に向いて、すぐ側《そば》にいる無防備なミリィが戦闘の巻き添えになったら大変だからな。

「グゴォッ！」

それにもかかわらず、ウェアウルフは叫び声を上げ、真っ赤な目でワシの方を睨みつけてきた。

が、すぐにレディアがその頭に一撃を喰らわして、奴の注意を引きつけようとする。

一安心かと思いきや、ワシの方への視線を逸《そ》らさぬウェアウルフ。

奴が狙っているのはワシ……いや、ミリィの守護結界か！

「ゴォウ！」

「しまった……っ！」

レディアの攻撃を受けた衝撃で後ろに転がるウェアウルフだったが、すぐさま起き上がってワシらの方へと突進してきた。

「ちっ……！」

サルトビが舌打ちをして短刀を投げつけるが、奴はそれにひるむ様子もなく無視して守護結界に近づいてくる。

やはり、魔物やウェアウルフが集まってきたのは偶然ではない。守護結界を張らせないよう、妨害しにきたのだ。

ミリィは動けない。ワシが今ここで、ヤツを倒す必要がある。

「来い、アイン」

サモンサーバントを念じると、眩《まばゆ》い光と共にワシの両手にずっしりと重い大剣が生まれる。

――大神剣アインベル。それを地面へと突き刺し、袋から出した魔力回復薬を飲み干した。

「アイン、確かお前の中に入る魔導の量はかなり増えたんだったよな」

「ん？　まぁね、安心してブチ込んでいいよ」

問題ないらしい。ふむ、ならば心配することはないか。

魔力回復薬を飲み干し魔力が全快したワシは、改めて大神剣アインベルを握りしめる。

「緋《ひ》の魔導の神よ、その魔導の教えと求道の極致、達せし我に力を与えよ。紅の刃紡ぎて共に敵を滅ぼさん――レッドゼロ」

ワシの手から生まれた炎の剣が、ずぶずぶとアインへ込められていく。

その白い刀身に赤い筋が混じり、色が溶け合ってゆっくりと朱に染まっていった。

「ん……っ」

アインの声が漏れ、刀身がわななくように震えた。

じわりと熱を帯びた大神剣アインベルには、確かにワシの全魔力を込めたレッドゼロが入ったようである。

「はぁ……はぁ……は、入ったわよ……おじい……」

「少ししんどそうだが、大丈夫か？」

「ま、まぁね……そんなことより……敵が……」

「グガアアアアーッ！」

レディアとサルトビの攻撃を意に介さず、守護結界へと突撃してくるウェアウルフ。

二人には敵《かな》わぬと悟って、守護結界だけに標的を絞ったということか。

だが、思い通りにはさせぬ。

ゆっくりと大神剣アインベルを振りかぶり、レディアとサルトビに離れろと目配せをする。

二人がそれに頷き、サルトビは離れる際にウェアウルフに何か球のようなものを投げつけた。

ウェアウルフに当たった球は破裂して白煙をまき散らし、薄い煙が奴を覆っていく。

「ゼフ殿、煙玉でゴザル。晴れる前に早く！」

「ナイスだサルトビ」

煙の中で、ウェアウルフの影が苦しんでいるのが見える。

これならば容易《たやす》く狙い撃てる。

「でも、レッドゼロ撃っちゃって魔力はほとんど残ってないんでしょ？　どうするつもりなのよ」

「まぁ見ていろ」

疑問の声を上げる大神剣アインベルを構えたまま、ワシは呪文を唱え始める。

「魄《はく》の魔導の神よ、その魔導の教えと求道の極致、達せし我に力を与えよ。白き刃紡ぎて共に敵を滅ぼさん」

「げっ、まさか……」

ゼロは、長い詠唱と全魔力を使い発現する、その系統最強の魔導である。

しかし魄《はく》のゼロは他系統のものとは異なり、魔力の代わりにジェムストーンを全て消費するのだ。

この魔導だけは、アインの能力をもってしても消費ゼロにはできない。

ごはんを全て失うことを恐れてか、アインが情けない悲鳴を上げる。

「やーめーてーっ！」

「——ホワイトゼロ」

アインの絶叫に構うことなく、ワシは大神剣アインベルを振り下ろす。

レッドゼロとホワイトゼロ、同時に発動した緋《ひ》と魄《はく》の最大魔導が混ざり合い、朱色の閃光《せんこう》を放つ魔導の刃がワシの剣筋をなぞるように、ウェアウルフへと振り下ろされる。

そして地面へと接触したそれは大爆発を起こし、白い炎が辺りに舞い散った。

剣の軌道上にあった木々はなぎ倒され、ワシの前方は荒野と化していた。

ウェアウルフの姿はなし。一撃で消し飛ばしたようである。

……またダンジョンを破壊してしまった……まぁ、五重合成の時よりは被害は少ないか。

派遣魔導師アゼリアに咎《とが》められるかもしれないと冷や汗をかく一方で、ワシはふうと安堵の息を吐く。

「ノヴァーゼロ、といったところかな」

そう呟《つぶや》いてワシは、大神剣アインベルについた土を払い飛ばすのであった。

「あ……ぅ……私のゴハンがぁぁ……」

「心配するな。ジェムストーンはミリィがいくつか持っているから、それで町まで我慢しろ」

「おじい……ひどいよぉ～」

人型に戻ったアインが、ワシの足元でへたり込み大げさに泣いている。

「ったく仕方ないな。ミリィ、アインがうるさいからジェムストーンを少し貰《もら》うぞ」

「ちょっ!? いきなりどこ触ってんのよっ！」

ミリィの胸元にある袋を探り、じゃらりと半分程のジェムストーンを取り出す。

そのうちの半分をアインに食わせ、残りはワシの袋へと仕舞った。

アインはワシの袋から常時ジェムストーンを食べる。少ないが、町へ帰るまではこれで我慢してもらうしかない。

「あ、見て見てみんな！」

ミリィの指さす先で、眩《まばゆ》い光が天空へと立ち昇っていく。

やがて燦然《さんぜん》と輝く守護結界を中心に、大地に光が満ちていった。

魔力を込め終わったのであろう。それと共に、魔物の気配が徐々に薄くなっていくのがわかる。

無事に、守護結界が機能し始めたようだ。

「ふはぁ～つっかれた～っ！」

「よくやったな、ミリィ」

「えへへ……」

魔力をすべて使い果たし、心底疲れ果てたという顔のミリィ。へたり込んだミリィの頭を、ワシはよしよしと撫《な》でてやる。

守護結界の発動にはもう少し時間がかかるかと思ったが、かなり早く終わったな。ミリィの奴、余程頑張ったのだろう。

「これで数年は大丈夫でゴザルな。皆に礼を言う……有難《ありがと》う」

ぺこりと行儀よく頭を下げるサルトビに、ミリィは慌てて手を振る。

「ううん、気にしないでサルトビ。これもお仕事だからさ」

「そうそう、サルっちとも知り合えたしね」

レディアもサルトビに笑顔で応えた。

「さて、そろそろ戻るとしよう。遅くなっては皆が心配する」

「そうねっ！」

そうしてワシらは、教会への帰路についたのだった。


「おかえりなさい、皆さん。無事で何よりです」

「すまない、心配をかけたな」

森を出て教会へと戻ると、笑顔のシルシュに迎えられた。

セルベリエは椅子に腰掛け、面倒くさそうに右手でアクセサリーを弄《もてあそ》んでいる。

一瞬すごく心配そうな目を向けてきたくせに、全然誤魔化せてないぞ。

「無事、お仕事は終わったのですか？」

「あぁ、守護結界の発動は拙者が見届けた。ダンジョンは間違いなく消滅したでゴザル」

「お疲れ様です」

皆の労をねぎらうよう、丁寧に頭を下げるシルシュの後ろから、ふわりといい匂いが漂ってきた。

見ると、テーブルには色とりどりの食材が用いられた料理が多数置かれている。

それを見たミリィが、目を輝かせて近づいていった。

おい、腹が減っているのはわかるが落ち着けミリィ。こけるぞ。

「わぁ～っ美味しそうっ！」

「ゼフさんたちが来たことを知った町の人たちが、差し入れにと持って来てくれたのです。町長のダビィールさんはベルゼル病の件もあったので、特にお礼をしたいと言ってくださいました」

「へぇ～太っ腹だねぇ」

「あぁ、ベルゼル病か、そう言えばそんなこともあったな……」

獣人を媒体として感染する病、ベルゼル病。

以前、その治療方法をここの町長に教えたことを思い出した。

と言っても、ミルハーブという薬草が特効薬になることを伝えただけなのだが。

「私がこの町に戻った時も、とても良くしてくださったのですよ。感謝しています、と」

「さっきまで料理人を連れたダビィールさんたちがいたんだけどさ、ゼフ兄が戻る前に帰っちゃったんだ。邪魔しちゃ悪いって」

「そうか」

確かにここは子供たちが多いし、ダビィールたちがいてはゆっくり食事を味わうこともできないかもしれない。ワシらに遠慮してくれたのだろう。

「子供たちも待っていますし、皆さん早く食事にしませんか？」

「そうねっ！　も～お腹ペコペコだったんだ～」

「いっただっきま～す」

両手を合わせた後、料理を口に運んでいく。

スープの中には季節の野菜が惜しみなく入れられており、濃厚な味わいだ。

今度はテーブル中央にでんと置かれた大きな魚を切り分けてソースにつけ、いただく。

淡白な白身に酸味の利《き》いたソースが絡み合い、絶妙な味に仕上がっているな。

うーむ、どれも美味《うま》い。

「美味しいね、ゼフっ」

満面の笑みを浮かべるミリィだったが、その口元は白いスープで汚れている。

おいおい、落ち着いて食べろよ。子供かお前は。

ナプキンを取り、汚れた口元を拭《ぬぐ》ってやった。

「しかし流石《さすが》港町、見たことないような食材が多いわねぇ～」

「あぁ、ワシもこんな魚食べたことがない」

「南の大陸のものが多いな。あっちは料理が盛んだ。王侯貴族のために食材が輸入されることも多いと聞く」

「流石《さすが》セルベリエ、物知りだな」

「べ、別にそんなことは……ない」

「あ、これも美味しそ～っ♪」

あれもこれもと、テーブルに盛られた料理に皆の手が伸びる。

かなりの量があったが、見る見るうちになくなっていった。

「ふはぁ～食べたぁ～」

「食べ過ぎだぞ、ミリィ」

だらしなく椅子に腰掛け、幸せそうに息を吐くミリィ。

「こんなに大きくなっているではないか」

「えへへ……もう入んない」

ぽんぽんと、大きくなった腹を撫《な》でてやると、ミリィは恥ずかしそうに笑うのだった。

3

——夜が明け、ワシらは出立の支度を始めた。

ワシが皆の使った部屋の片付けをしていると、いつの間にか後ろにシルシュが立っていた。

「シルシュか、びっくりしたではないか。気配を消して近づくなよ」

「あはは……申し訳ありません」

サルトビの修業を受けたからか、シルシュの能力はかなり向上している。気配の使い方や身のこなしは、まるで野生に身を置く獣のごとし、だ。

「もう、行かれるのですか？」

「あぁ」

「で、ですよね……」

はっきりしない物言いで、ゴニョゴニョ言いながら身体をくねらせるシルシュ。恥ずかしいのか、顔が真っ赤に染まっている。

「あの……私そのぅ……」

言おうとしていることは何となくわかるが、シルシュが口に出すのを待つ。

——沈黙。遠くから子供たちがミリィと元気よく遊んでいる声が響いてくる。

「ま、また私もゼフさんたちのお供をさせてもらえませんかっ！」

顔を赤く染めながら、シルシュはワシの目を見て、そう告げた。

真っ直ぐな眼差しを向けるシルシュを見つめ返し、答える。

「……もう狂獣化の力はかなり制御できるのだろう？　教会の子供らもいるし、ワシらと共に来る理由はなさそうだが」

「で、ですが……」

ワシに言われるまでもなく、それは理解していたのだろう。たじろぎ、一歩後ろに下がるシルシュ。

「ワシらの拠点である首都プロレアに住むことになれば、この教会に帰ってくるのは難しくなるぞ」

「う……」

シルシュは俯《うつむ》き、言葉を詰まらせた。

そのまま、しばしの無言が続く。

前髪の奥、長い睫《まつげ》毛の向こうから何か光るものが見えた。……やれやれ、少し虐《いじ》めすぎたか。

「すまないシルシュ、冗談だよ」

そう言ってシルシュの顎《あご》に手をやり、コリコリと撫《な》でてやる。

「ん……ゼフさ……？」

疑問の声を上げたシルシュだったが、次第に恍惚《こうこつ》とした表情になる。

気持ちがいいのだろうか、その口から小さな吐息が漏れた。

しばらくそうしていると落ち着いてきたようで、ワシの方を潤んだ瞳で見上げてくる。

「あ、あの……？」

「気持ちを確かめたかっただけだ。シルシュについて来てほしいのはワシも皆も同じだからな。こちらからも頼む……一緒に来てくれるか？」

「……はいっ！」

元気よく尻尾を立てて返事をするシルシュを見て、やはり昔飼っていた犬に似ているなぁと、失礼なことを思うのであった。

「それじゃ、またねリゥイ」

「あぁ、ゼフ兄もしっかりシル姉の面倒を見てくれよな」

「任せておけ」

そう言ってシルシュの肩を叩くワシを、リゥイは複雑そうな表情で見る。

昨日、ワシらがいない間にシルシュはリゥイたちにまた旅に行きたいと相談したらしい。

セルベリエに聞いた話では、子供たちが騒ぎ出してシルシュも困り果てていたのだが、リゥイが皆を説得したそうだ。

「中々良い男になったではないか」

「まぁね」

リゥイのブラウンの髪をぽんと撫《な》でると、リゥイはそのままワシと目を合わせ、シルシュに聞こえないようぽつりと呟《つぶや》く。

「……負けねーからな」

「ん？」

「なんでもねー！　それじゃあな、ゼフ兄、シル姉！」

そう言うとリゥイは元気に手を振って、教会の方へと走って行った。

やれやれ、あいつも成長したということか？

苦笑しつつ、ワシはシルシュを連れて皆のもとへ向かうのであった。

イズの港町の外では、レディアが預けていた馬車をウルクに取り付けるところだった。

こちらに気づいたミリィが、ワシらの方へ駆け寄ってくる。

「おかえりっ！　ゼフ、それにシルシュも」

「……ただいまです。皆さま、またよろしくお願いします」

ぺこり、と丁寧にお辞儀をするシルシュ。

皆も、それぞれ歓迎の言葉をかけて応えた。

「……これに乗って首都プロレアへと行くのですか？」

「見た目はこんなだけど、魔導で強化してあるから大丈夫だよん。ここまでもちゃんと来られたし」

「はぁ〜。こんな乗り物は初めてですねぇ」

馬車を見上げ、シルシュは口を大きく開けている。

すでに馬車に乗り込んでいたセルベリエが、ひょいと顔を出して外を見回した。

「そういえば、サルトビはいないのか？」

「サルっちなら一人で走って帰るってさ」

「イエラさんから他にも何か任務を言い渡されてるんだって」

「なるほど」

レディアとミリィの言葉に頷くセルベリエ。

一緒に馬車でとも思ったが、用があるなら仕方ないか。しかし、ここから首都プロレアまでは馬車でも何日かかかるのに、走って帰るとは……シノビ、恐るべし。

「ブルル……」

遠く首都プロレアのある方角、地平線の遙か向こうを見ていると、ウルクが待ちくたびれたとばかりに鼻息を吐いた。

「じゃあそろそろ帰りましょ！」

「そうだな」

ミリィはウルクの背に、ワシらは馬車へと乗り込む。

鳴き声を上げたウルクがばさりと羽ばたき、地面を駆け助走を始めた。

「ヒヒィィーーン!!」

——そして跳ぶ。大きな翼を動かしながら徐々に高度を上げていくウルク。

こうやって天空を駆ける姿は中々カッコイイのだよな……変態馬だが。

「わっ！　すごいですーっ！」

「でしょでしょ～」

レディアとシルシュが馬車の外を眺め、はしゃいでいる。

優雅な空の旅を堪能することしばし、馬車が揺れウルクがぐるぐると空を回り出した。

何かあったのだろうか。そう思っていると、ミリィから念話が届いた。

《ね、東の空を見てよ。なんか変なの》

東の空？　不思議に思いつつも、ワシらはミリィの言葉に従い馬車の外に目を向けた。

確かに、何か空に黒いシミのようなものが見える。

遠くて何なのかはよくわからないが、嫌な予感がする。

「シュウウウウ……」

セルベリエが右手に絡ませているクロも、威嚇《いかく》を始めた。

「何かあるのか？　セルベリエ」

「あぁ、とんでもない魔力の波動を感じる」

「来ます！」

シルシュが声を上げるのと同時に、雲の中から何かが飛び出してきた。

「ブヒヒィィーン！」

間一髪、黒い弾丸を避けたウルクはそれを警戒し、ぐるりと旋回した。

弾丸は速度を落としたかと思うと、その身体を蠢《うごめ》かせている。

メリメリと、こよりを開くように黒い弾丸は真の姿をあらわした。

巨大な翼、トカゲのような手足、鱗《うろこ》がびっしりと生えた身体はとても頑強そうだ。

その姿は高山などに住まう翼竜によく似ている。

だが、この黒い身体は……。その正体を確信しつつも、ワシはスカウトスコープを念じる。

????
レベル112
魔力値
4215875／4215875

やはりダークゼルと同属の、黒い魔物か。

舌打ちをしつつ、ワシはミリィへと指示を飛ばした。

「逃げるぞミリィ！　こんな場所では戦えない！」

「わ、わかったっ！　皆、しっかり掴《つか》まっててよっ……お願いウルク！」

「ブルル！」

ウルクは前足を持ち上げ、力強くいななく。そして首都プロレアの方へ、全速力で駆け出した。

「わわっ!?　も、もの凄い速さですっ！」

「……追ってきているようだがな」

ウルクの速度は大したものだが、魔物は漆黒の翼で滑空し、ワシらを追ってくる。

「とりあえず、ダークワイバーンとでも名づけておくか」

「あっはは……のんきねぇゼフっち」

「迎撃するぞ」

馬車の後ろに行き、ワシらはダークワイバーンに向け構える。

轟々《ごうごう》と風が通り抜け、髪の毛が吹き流されていく。

下を見ると、軽く目が眩《くら》んだ。

「……気をつけろよ、ここから落ちたら流石《さすが》に助からん」

「心配ありがと、ゼフっち」

「ワシとセルベリエが魔導でダークワイバーンを迎撃する。潜り込まれたらレディアの出番だ。シルシュは援護を頼む」

「はいっ！」

コクリと頷いて、シルシュは馬車の奥に待機した。

ミリィとの連絡係はどうしても一人必要だし、回復魔導のエリクシルを使うことができるシルシュには、控えておいてもらうべきだろう。

「来るぞ」

「ギャアアアア!!」

けたたましい叫び声を上げ、ダークワイバーンが大きな口で噛み付いてくる。

対応すべく、タイムスクエアを念じる。

時間停止中に念じるのはレッドボール、ブルーボール、ブラックボール、グリーンボール、ホワイトボール。

――五重合成魔導、プラチナムスラッシュ。

アゼリアに使用を禁止されている魔導だが、地面を傷つけぬ空中でなら構わないだろう。

それに、初等魔導のボール系ならば、身体への負担も少ない。

ワシの手を払う動きに応ずるように、軌跡が眩《まばゆ》い光を放つ。

プラチナムスラッシュの威力を察知したのか、ダークワイバーンは躱《かわ》そうとくるりと回転するが、
そこにはすでにセルベリエが魔導を放っている。

吸い込まれるようにダークワイバーンの身体に当たった光弾は、奴の動きを一瞬止めた。

ナイスだ、セルベリエ。

「ギャアア!?」

空中でバランスを崩したダークワイバーンをプラチナムスラッシュが襲う。

煌《きらめ》く軌跡が黒い背中をざっくりと割り、虚空の彼方《かなた》へと消えていった。

「ギャア！　ギャア！」

苦しそうな呻《うめ》き声を出しながら、ダークワイバーンはきりもみして地上に落下していく。

ダークワイバーン
レベル 112
魔力値
4155756／4215875

ふむ、五重合成《プラチナム》なら流石《さすが》に効果はあるようだ。

しかしダークワイバーンは空中で体勢を立て直し、またこちらへと襲い掛かってきた。

サモンサーバントを念じ、大神剣アインベルを呼び出す。

「やっほーおじい、出番みたいね！」

「あぁ、頼む」

剣に手を当て念じるのは――四重合成魔導、テトラクラッシュ。

大神剣アインベルに金色の光が吸い込まれ、眩《まばゆ》い輝きを放つ。

「ん……きつ……」

「大丈夫か？　アイン」

「へ、へーきへーき……」

テトラクラッシュほどの重い魔導だと、流石《さすが》にアインも苦しそうだ。

大神剣アインベルを構え直し、セルベリエと視線を合わせ、頷く。

「私がダークワイバーンの動きを止める。ゼフはそこを狙い打て」

「頼りにしているぞ、セルベリエ」

「……ふん」

ワシの言葉に照れてしまったのか、ふいと外を向くセルベリエ。そのままダークワイバーンに向けてホワイトバレットを放つと、小さな光の雨が奴の黒い身体を穿《うが》つ。

「ギャアッ！」

大したダメージは受けていないのだろうが、鬱陶《うっとう》しいのかダークワイバーンは空中で身体を小さく丸め、光球の雨を突っ切るように飛んできた。

あれでは方向転換はできまい。

大量の光球の隙間から見えるダークワイバーンに狙いを定め、大神剣アインベルを振るうと同時にホワイトクラッシュを念じる。

――五重合成魔導、プラチナムブレイク。

斬撃の後、凄まじい光が空を覆い尽くす。

「やったぁ！」

レディアが声を上げるが、まぁやってはいないだろう。

光が徐々に収まっていき煙が晴れると、そこにはダメージを受けボロボロになったダークワイバーンの姿があった。

「ギィイ……！」

真っ赤な目でこちらを睨みつけるダークワイバーン。どうやらまだ戦意は失っていないようだ。

「もう一度行くぞ」

「わかった」

セルベリエがホワイトバレットを念じ、ダークワイバーンを牽制《けんせい》する。

誘導される先は……あそこか。

ワシはそこ目掛け、もう一度大神剣アインベルに魔導を込めてプラチナムブレイクを放った。

二度のプラチナムブレイクで魔力が尽きそうになったワシは、シルシュの所へ戻る。

「シルシュ、ワシの回復を頼む」

「はいっ！」

シルシュは袋から取り出した白い葉を咥《くわ》え、両手を胸の前で組み目を閉じる。

——固有魔導、エリクシル。

薬草などの効果を最大限にまで増幅して対象に与える、シルシュの固有魔導である。

今使ったのは、魔力回復の効果を持つホワイトセージという薬草だ。

効果の増したホワイトセージで、ワシの魔力は一気に回復した。

「それにしても私の出番ないなぁ……」

「レディアは万が一の切り札だ。備えておいてくれ」

「あっはは、秘密兵器ってワケね」

「できれば使いたくない類《たぐい》のな」

冗談っぽく笑うワシとレディア。

空中戦では流石《さすが》のレディアでも思うようには戦えまい。

「ちっ、しつこいな」

三度目のプラチナムブレイク。それをまともに喰らっても、まだワシらを追いすがってくるダークワイバーン。ダークゼルは逃げていたのだがな。こいつはかなり好戦的なようだ。

「ギャアッ！」

短く金切り声を上げたダークワイバーンの目の前に、魔力と共に空気が集まっていく。

――ブラックバレット、か。

「させるか」

セルベリエがそれを察知し、ダークワイバーンより早くグリーンバレットを念じ発動させる。

両者の生み出した弾丸はその境目辺りで相殺《そうさい》し、全て消滅した。

魔導の相殺《そうさい》は高い集中力を必要とするため、余程相手のレベルを上回っていないと狙ってやるのは難しい。

しかしセルベリエは、使い魔クロの能力である高速念唱によってそれを可能としている。だから後出しでも魔導の相殺《そうさい》ができたのだ。

「喰らえ」

そこへワシがもう一度、大神剣アインベルを振りかぶる。

――プラチナムブレイク。

何度目かの閃光《せんこう》が虚空《こくう》を裂き、ダークワイバーンの身体を貫いた。

だがしかし、じわじわと闇が侵食するようにダークワイバーンの身体は再生していく。

「ギギギ……」

恐らく影を媒体として生まれた魔物なのだろう。もちろん魔力値は減ったままなのだが、こう何度も再生されては、足止めにもならない。

ばさり、と翼を羽ばたかせた後、滑空するようにこちらを追撃してきた。

「くそ……振り切れないな」

「発狂モードにさせて、その隙に逃げちゃうとか？　あれって変身までに結構時間かかるよね」

「悪くはないが、黒い魔物は発狂モードになると何をしてくるかわからない。速度を上げられたら余計ピンチになってしまう。できれば、このまま逃げおおせたいところだ」

それに、ミリィの魔力が心配だ。徐々にウルクの飛行速度が落ちてきているし、もし魔力が切れて落ちてしまえば地上での戦闘を余儀なくされるだろう。

空の魔物相手に地上で戦うのはかなり不利だ。ここは飛び続けるしかない。

「シルシュ、ミリィの魔力を回復しにいってもらえるか？」

「わかりましたっ！」

揺れる馬車の中を器用に歩き、シルシュは前にいるミリィのもとへと向かう。

ウルクの背に跨《また》がっていたミリィはシルシュからエリクシルを受け、魔力を回復させた。

そして、馬車のスピードが少しずつ、速くなっていく。

「ギャアッ！」

ホッとしたのも束の間、馬車の上からダークワイバーンの声が聞こえてきた。

しまった、速度を落としていた間に上を取られたか。

ワシらの真上、奴のいるであろう場所に魔力が集まっていくのがわかる。

馬車を覆う幌《ほろ》が赤く透けて光る。ヤバい。

ダークワイバーンの魔導へ相殺《そうさい》を狙うべく、セルベリエもブルーバレットを放つ。

轟音《ごうおん》が響き、馬車に張られていた幌《ほろ》が消し飛んでしまった。

馬車は大きく揺れ、ワシは振り落とされぬようレディアとセルベリエを抱いて壁に掴《つか》まる。

「きゃあああっ!?」

「――っ!?」

ぐわんぐわんと足元が揺れ、少しでも力を抜くと振り落とされてしまいそうだ。

次第に揺れは収まり、爆発の煙が晴れていく。

「った～……」

「大丈夫かレディア、セルベリエ」

「……何とかな。すまないゼフ、ヤツの攻撃を上手く防ぐことができなかった」

「気にするな、被害は最小限だ」

実際セルベリエが馬車の幌《ほろ》ごと相殺《そうさい》してくれなければ、ワシらは空の塵《ちり》と化していたはずだ。

それに幌《ほろ》が吹っ飛んだおかげで、視界がクリアになった。

馬車の上空には晴れやかな日差しと流れる白い雲とは不釣り合いな、邪悪なシルエット。

ダークワイバーンが無防備に腹を晒《さら》して空を飛んでいる。

「ギィィ……」

「馬鹿め、これで攻撃しやすくなったぞ」

大神剣アインベルを構え、ワシがその無防備な腹に魔導をブチ込もうとした——その時である。

「ミリィさんっ！」

前方からシルシュの悲痛な声が聞こえてきた。

一体どうしたのだ。

そう思って前方に目を向けると、馬車の下を見て叫ぶシルシュと、背に何も乗せていないウルクの姿があった。

「まさか……っ！」

下を見ると、何が起きたかわからぬと言った表情で地面に向けて落ちていくミリィ。

ダークワイバーンの魔導を喰らってしまったのだ。

「ミリィーーーーーーーーーッ!!」

ワシの叫び声が空に虚《むな》しくこだました。

真っ逆さまに地上へと落ちていくミリィ。どんどん、どんどん小さくなっていく。

このままではミリィは……！

「セルベリエ、あとは頼む！」

「ゼフ！　どうするつもりだ！」

「ミリィを助ける！　シルシュ、エリクシルを！」

「は、はい……むぐぅ!?」

シルシュが慌《あわ》ただしくホワイトセージを口に咥《くわ》え、エリクシルを念じる。

それと同時にワシはその唇に舌をねじ込み、ホワイトセージの葉を食った。

エリクシルは媒体となる薬草に魔力を込めることで効果を発現させる魔導。直接口移ししたほうが発現は早い。流石《さすが》に普段はやらないが、今は緊急事態だ。

一気に魔力が全回復したワシは、大神剣アインベルを消してウルクに跨《また》がる。

だがウルクはワシが乗ったことに気づくと、いきなり暴れ始めた。

この駄馬《だば》が、いい加減にしろよ。

今はお前の我がままに付き合っている暇はないのだ。

ぐい、と手綱を引き、そこへ叩きつけるように魔力を込める。

「ブヒヒヒィィーーン!?」

この手綱はミリィがウルクを操縦する際に使うもの。込める魔力の多寡《たか》で、ウルクの力を制御したり、向上させたりすることができるのだ。

手綱をウルクの首筋に叩きつけ、走れと念じる。術者に魔力を与えられている使い魔は、抗《あらが》うことはできない。

「行けウルク、お前のご主人様を助けるために走るのだ」

「ブルル……」

ひどく不快そうな顔をするウルクだったが、文句を聞いている場合ではない。

ばしん、と首筋を手綱で打ちつけ、落下するミリィへ向けて走らせる。

カコカコと蹄《ひづめ》を鳴らし悠然と走るウルクに向けて、ワシはもう一度手綱を叩きつけた。

「もっと速く走れるだろうがっ！　行けっ！」

「ブヒィィーン！」

もはやヤケクソなのか、ワシの叱咤《しった》に応え垂直落下するように走っていくウルク。

後ろの馬車は、そのスピードに耐えられず崩壊し始めた。

レディアたちは馬車であったものに、何とかしがみついているという有様だ。

こっちもヤバいぞ。

しかし、レディアは手を振って応える。

「こっちは大丈夫ーっ！」

「しかし……」

「いいからいいから、ゼフっちはそっちに集中して！」

うむぅ、どうなっても知らんぞ。ここはレディアを信じるしかない。

視線を前に戻すと、ものすごい勢いで地面が近づいてくる。

風の抵抗を抑えるべく、姿勢を低く。

さらに加速したワシは、真っ逆さまに落ちているミリィへと手を伸ばす。

「ミ……リィ……！」

限界まで手を伸ばすが、あと少し、届かない。

指を動かしどうにか触れられたものの、ミリィの靴に引っかかったワシの指は彼女を捕まえることは叶わず、靴を脱がせて空中に放り出すだけで終わってしまった。

地上まで、もう距離がない。

「もっと速くだ……っ！　ウルク……っ！」

「ブルル……ッ！」

さらに力強く空を蹴り、跳躍するように一気に加速するウルク。

もう少し、あと少し……ミリィの足に触れた指を絡ませ、一気に引き寄せる。

気を失いぐったりしたミリィを何とか抱き上げることができ、安堵の息を漏らした。

ふぅ、よかった。

「よぉし上がれ……っ！」

「ブルルァアア!!」

全力で鼻息を吐いたウルクは跳ねるように空を蹴るが、もう地面はすぐそこだ。

このままではぶつかってしまう……致し方あるまい。

地面に向けて放つのは――五重合成魔導、プラチナムスラッシュ。

白い閃光《せんこう》が地面を深く切り裂き、小さな谷を作った。

ウルクはその谷の中、弧を描くように地上へと降りていく。

ぐっ、距離は足りるか……っ！

「頑張れ……ウルク……っ！」

「ブルルゥ！」

這《は》い上がるように両足をかき、ウルクは翼を広げて落下の勢いを殺そうとする。

ワシは振り落とされぬようしがみつき、衝撃に備えた。

そして近づいてきた地面を踏みしめ、ウルクは何とか着地に成功したのだった。

「ひゃあああああーーっ！」

背後から聞こえてきたのは、レディアの悲鳴と強烈な破壊音。

後ろを見ると、ボロボロに壊れた馬車の中から、完全に泡を吹いて気絶したセルベリエとシルシュを抱えるレディアがあらわれた。

「いやぁ～スリル満点だったねぇ」

「何故無事だったのだ……」

「墜落の瞬間、ぴょーんとこう、ね」

謎のジェスチャーをしながら笑うレディア。全く意味不明だが……何というか……頼りになるな。

呆れつつも、ワシの腕で気を失っているミリィへと視線を落とす。

危ないところだったが、何とか助けることができてよかった。

「さて、あとは……」

ワシはそう言って空を見上げる。

上空にはワシらを狙うべく旋回するダークワイバーンの姿。奴を何とかせねば、ここから脱出することは叶わぬだろう。

「レディアは二人を連れて逃げろ。首都プロレアはもうすぐなはずだ。歩いても二、三日で辿《たど》りつくことができるだろう」

「ゼフっちはどうするつもりなのよ」

「奴を撒《ま》いてくる」

ワシの言葉にレディアは「またか」という表情で笑った。

「ミリィちゃん気絶してるんでしょ？　一緒に連れて行こうか？　二人も三人も大して変わらないよ」

両脇にセルベリエとシルシュを抱えたレディアが、気絶したミリィを抱きウルクに乗っているワシを見上げている。

「いいや、ミリィにはワシと一緒にいてもらう。ウルクを御するにはワシ一人では魔力を補い切れないし、目を覚ませばミリィの戦力が必要となる場面もあるだろう」

「ん、わかったよ。ゼフっちなら心配はいらないと思うけど……頑張ってね」

背伸びをし、ワシの頬にキスをするレディア。

戸惑うワシからスキップするように離れ、いたずらっぽくウインクを一つしてくる。

「じゃね♪」

「あ、あぁ」

二人を抱えたまま小さく手を振るレディアに背を向け、ワシはウルクの手綱をぱしりと鳴らした。

「もう少しワシに従ってもらうぞ、ウルク」

「ブルル……」

敵意満々といった目でワシを睨みつけてくるウルクだが、渋々頷いた。

くく、いい様《ざま》ではないか。

ウルクにニヤリと笑いかけながら、ワシは抱きかかえたミリィを手綱で自身に縛りつける。

「んぅ……」

ぎゅうと腰で手綱を結ぶと、未だ気絶したままのミリィがワシの胸元で吐息を漏らした。

これでワシとミリィ、二人分の魔力でウルクを操ることができる。

その体勢のままミリィの胸元をもぞもぞと探ると……あった。

「コイツも借りておくぞ」

袋の中から取り出したのは、魔力回復薬とありったけのジェムストーンだ。

流石《さすが》にワシの手持ちだけでは、少々心もとないからな。これで準備は整った。

「行けっ、ウルク！」

「ブルル……」

不機嫌そうに鼻を鳴らしたウルクは、渋々上空にいるダークワイバーンに向けて飛び立ち、風を切り、徐々に速度を上げながら空を駆け上っていく。

さて、奴の残り魔力値は、と。

ダークワイバーン
レベル 112
魔力値
2523121 ／ 4215875

先刻の戦いでわりと削れてはいるが、それでもワシ一人で倒すのは骨が折れるな。

ここは何とかレディアたちから注意を逸《そ》らし、ウルクの機動力を使って撒《ま》いてしまうのが得策というものだろう。馬車がなくなった今の身軽なウルクになら、可能なはずだ。

「……もう一度行くぞ、アイン」

「あいあいさーー！」

ワシの両手に眩《まばゆ》い光が生まれ、巨大な剣が形を成していく。

――大神剣アインベル。扱いにくい大剣だと思っていたが、馬上では中々映える。

ぐるんと大きく剣を回して馬上槍のように脇に構え、そのままダークワイバーンに突っ込んでいく。

「ギャアッ⁉」

「ヒヒィィーン！」

戸惑うダークワイバーンを轢《ひ》き倒すように、ウルクは蹄《ひづめ》で奴の黒い身体を踏みしめ走り抜ける。

ワシもそのすがら、大神剣アインベルで斬撃を繰り出した。

衝撃で剣を落としそうになるのを何とか堪《こら》えつつ、ウルクの上からダークワイバーンの身体を削っていく。

ウルクが後ろ足で思いきりダークワイバーンを蹴り飛ばすのと同時に、ワシが念じるのはホワイトクラッシュ。

光球が背後に生まれ、奴の背中に炸裂した。

白煙が晴れると、奴はギロリと赤い目でこちらを睨んできた。

「ギャアッ！」

短く金切り声を上げ、ワシらを追ってくるダークワイバーン。

よしよし、このまましばらく飛び続けて撒《ま》いてしまえばワシの勝ち、だ。

とはいえ、馬車を外したウルクはダークワイバーンより僅《わず》かに速いが、流石《さすが》に闇雲に走るだけでは逃げきれない。

「おじい、ブルーウォールを使えば？」

「ブルーウォールは壁や地面に隣接した場所にしか発現できない。だから先刻もセルベリエはブルーウォールを使っていなかっただろう？」

まぁ、似たようなことをするつもりではあったがな。

ウルクを走らせながら辺りを見渡していると、東の方にそびえ立つ裸の岩山が見えた。

――あれでいいか。

「ウルク、あの岩山へ向かって走れ」

「……ブルゥ」

凄く嫌そうな顔をしたウルクは、それでもワシの言葉を理解したのか岩山に方向転換し飛んでいく。よしよし、いい子だ。

「今のうちに……行くぞアイン」

「うんっ！」

四重合成魔導、ホワイトスフィアスクエアを大神剣アインベルに込めておく。

よし、これで準備はできた。

「ギャウッ！」

ダークワイバーンが魔導を放ってきた。レッドバレットだ。

「無駄だ」

タイムスクエアを念じ、時間停止中に念じるのはホワイトウォールを二回。

――二重合成魔導、ホワイトウォールダブル。

白いオーラの壁がワシの手から発現し、迫りくる炎の雨を全て防ぎ切った。

ホワイトウォールは幾重《いくえ》にもすることで、多くの魔導を打ち消すことが可能になる。

発動も速く、相手の攻撃を見てから対応しても十分に間に合うのだ。

そしてレッドバレット程度ならダブルで十分。

セルベリエのように低コストでの打ち消しは無理だが、ワシにも似たようなことは可能である。

「さて、この辺りでいいか」

空を駆けていたワシらは、もうすぐ目的地である岩山に辿《たど》りつく。

「どう、どう」

ウルクの手綱を引いて速度を緩めたワシらは、岩山の側面に近づき、壁面に沿って進みながらさらにスピードを落としていった。

追いついてきたダークワイバーンはウルクの尻尾に噛み付こうと、ガチガチと歯を鳴らしている。

後ろ足で蹴りつけながら、ワシの指示通り岩壁と並走するウルク。

「おじい、どうするつもり？」

「まぁ見ていろ」

前方に、岩壁から突き出した小さな岩がいくつか見える。カモフラージュにもなるし、あそこが丁度いいだろう。

「アイン、目を瞑《つむ》っていろよっ！」

警告を発して、ワシは大神剣アインベルを振るう。それと同時にタイムスクエアを念じた。

時間停止中に念じるのはホワイトスフィアを四回。

さらに先刻大神剣アインベルに込めたホワイトスフィアスクエアと、同時に発動させる。

――八重合成魔導、ホワイトスフィアオクタ。

剣閃《けんせん》と共に眩《まばゆ》い光がワシの後ろで弾け、視界が完全な白に染まる。

奴が怯《ひる》んだ隙に、ウルクを岩壁から飛び出した岩の陰に飛び込ませた。

「ギャアッ!?　ギャアア!?」

光が徐々に収まっていくと、ダークワイバーンの戸惑うような声が聞こえてくる。

よし、ワシらを見失ってくれたな。

岩陰から顔を半分出して様子を窺《うかが》ってみれば、ダークワイバーンの身体は半分崩壊し、翼を再生しながらワシらを探そうとキョロキョロと辺りを見回している。

「でも、こんなところだとすぐ見つかっちゃうでしょ？　どうするつもりなのよ？」

「いいのだよ、むしろ一旦隠れることが重要だったのだ。ここまで来たら見つかっても構わないのさ……こんな風にな」

ぐびりと飲み干した魔力回復薬の空《あ》き瓶を、ダークワイバーンに向けて投げつけた。

空《あ》き瓶を喰らったダークワイバーンはこちらに向き直り、即座に突進を仕掛けてきた。

――が、それこそワシの思うツボだ。

ブルーウォールを念じると、ワシの眼前で、岩壁から突き出すように氷の壁があらわれる。

「ギッ!?」

避け切れず氷の壁に直撃するダークワイバーン。ブルーウォールで生み出される氷の壁は非常に頑丈で、単純な力で突破することは難しい。

さらに、怯《ひる》んだダークワイバーンを取り囲むため、先刻生成した氷の壁を起点として氷の壁を生み出していく。

——その数六枚。生成した氷の壁は牢のごとくダークワイバーンを閉じ込めてしまった。

ガンガンと氷に身体を打ちつけるダークワイバーンは、氷に阻まれて満足に動くことも叶わない。

「——ま、こんなところだ」

巨大な岩山を接地面としてブルーウォールを生み出し、ダークワイバーンを閉じ込める。ワシの狙いは、これだったのだ。

事が終わり、ワシはくるりと後ろを向き、ウルクの手綱を首に打ち付けた。

さて、この隙にとんずらといこうではないか。

「ギ……！」

「おじいっ！　後ろを見てっ！」

アインの声に従いダークワイバーンを閉じ込めた氷の牢を見ると、その内部が赤く光っていた。

氷の壁を破るため、緋《ひ》の魔導——レッドクラッシュを使おうとしているのだ。

「ブルーウォールは緋《ひ》の魔導には弱いんでしょ!?　このままじゃ破られちゃうよっ！　なんとかしないと！」

「その必要はないよ、アイン」

「どういうこと……？」

「見ていればわかるさ」

ワシは構わずウルクを走らせる。

心配そうにワシとダークワイバーンを交互に見るアインだが、問題はない。

「ギャアアアア!!」

氷の牢の中でダークワイバーンはレッドクラッシュを発動させる――が、生まれた炎は氷を破壊することは叶わず、そのまま立ち消えてしまった。

「え、何で?」

何が起こってるか理解できないと、疑問の声を上げるアイン。

悪あがきでもう一度、ダークワイバーンは今度はレッドバレットを念じるが、またも氷を溶かすことはできずに立ち消えてしまった。

「ギ……ッ!?」

ダークワイバーンは混乱しているらしく、何度も氷の壁に突進し、再び魔導を放つ。

だが、壁を破ることは叶わない。

「ど、どういうことなの……?」

「あれはただのブルーウォールではないからだ」

そう、確かに最初の一枚目はブルーウォールであったが、周囲を取り囲む際にワシが使用したのはタイムスクエアによりホワイトウォールとブルーウォールを合成したものだったのである。

魔導を無効化するホワイトウォールで、緋《ひ》の魔導に弱いというブルーウォールの欠点を解決した白き氷の壁。

「ストライプウォールとでも名づけておくか」

しかもダブル、その強固さは折り紙つきだ。

とはいえ、魔力消費の大きいストライプウォールダブルを立方体分、六枚も展開したおかげで、
ワシの魔力は空《から》に近い。

ぐびりと袋から取り出した魔力回復薬を飲みながら、ワシはその場を飛び去った。

「んむぅ……」

ワシの胸元でミリィがゴソゴソと動く。

やっと目が覚めたか。そういえばミリィの奴、一度寝ると中々目を覚まさなかったな。

皆の所に帰るまで時間はあるし、まだしばらくは寝かせておいてやるか。

そう考えてミリィの頭を撫《な》でていると、まるで猫のごとく突然飛び起きた。

うお、びっくりしたではないか。

ミリィはワシと目を合わせた後、気配を探るように左右を見渡す。

そしてワシの遥か後方、ダークワイバーンを封じた氷の牢へと視線を移す。

——まさかっ⁉

ミリィに釣られて後ろを向くと、氷の牢が歪《ゆが》んでいるのが見えた。

それは現在進行形で続いており、時折氷の破片を飛ばしながら牢は歪《ゆが》みを増していく。

そしてついに、パキンという音と共に氷の壁は半分に割れ、中からダークワイバーンが姿をあらわした。

いや、あれは……！

その姿は先刻と異なり、黒い身体や翼には真紅のラインがいくつも入っていた。

口からボタボタと垂らす赤い液体は、血だろうか。

「まさか自らを傷つけ……発狂モードに入ったというのか……？」

戸惑っていると、ワシの胸の中でミリィがちょいちょいと服を引っ張ってくる。

「ところでゼフ」

「何だミリィ」

「……これってどういう状況なの？」

ワシの胸に顔を埋めたまま、ミリィは赤い顔で尋ねてくる。

ウルクの背中にワシが跨《また》がり、ミリィを身体に結び付けているこの状況。気絶していたミリィはまぁ、そりゃ気になるだろう。

だが、今はそれどころではない。

「あいつを倒したらゆっくり説明してやるよ」

「ん……わかった」

少し不機嫌そうに、ミリィはモゾモゾと動く。

ワシとミリィは腰を紐でくくりつけているから、ミリィが動くたびに互いの身体が擦《こす》れ合ってしまう。

……これは少々戦いにくいな。ワシはともかく、ミリィは戦闘に集中できないだろう。

そう思いワシとミリィを結ぶ手綱を外そうとすると、ミリィがワシの手を止めた。

「待ってゼフ、相手は後ろだし、一人は後ろを向ける体勢のほうが戦いやすいわ」

「だが……」

「大丈夫、そのほうが効率的、でしょ？」

「……うむ、確かにな」

ミリィの案を採用し、このまま戦うべくワシは再びサモンサーバントを念じる。

ワシの手に大神剣アインベルが光と共にあらわれた。

「あいつ……ダークワイバーンの魔力値は１４０万くらいね」

スカウトスコープを念じたのか、ミリィがワシに奴の魔力値を教えてくれた。

まぁ、発狂モードに入ったならばそのくらいだろうか。これを削るのは少々骨だが、やってできないことはない。

「ギャアアアア!!」

ダークワイバーンは咆哮《ほうこう》を上げ、こちらに突っ込んでくる。

「な、何か最初の時より速くなってない!?」

「……だろうな」

後ろからピリピリと、突き刺すような鋭い魔力を感じる。

やはり逃げるのは無理だろう。このまま戦うしかない。

「ミリィ、ワシは攻撃に専念したい。ダークワイバーンの攻撃を全て相殺《そうさい》できるか？」

「……う、うん。任せといて！」

答えを躊躇《ためら》うように沈黙した後、ミリィはワシの目を見てコクリと頷く。

少々不安だが、ワシが攻撃に専念せねばあの魔力値を削り取ることは難しい。

大変だとは思うが、ミリィに防御を任せるしかない。

袋をゴソゴソと漁《あさ》ると、魔力回復薬が何本かと、魔力を全回復させる霊力回復薬が一本ある。これだけあれば何とかなる、か。

とりあえず、四重合成魔導テトラクラッシュを大神剣アインベルに込めておく。

金色の光が大神剣アインベルに吸い込まれ、眩《まばゆ》い光を放ち始めた。

「ギャアッ！」

それをさせまいと魔導を放ってくるダークワイバーン。

――ブラックバレット。無数の空気の弾丸が奴の前方に生まれ、連続で発射される。

「……っ！　ぐ、グリーンバレットっ！」

ミリィの放った魔導が奴のブラックバレットを相殺《そうさい》すべく発動される。

ワシのすぐ後ろで連続して鳴る爆裂音。

少し遅れたが、ミリィの念唱速度をもってすれば迎撃は間に合う。

その弾煙が晴れぬうちに、ワシは大神剣アインベルを振るうと共にホワイトクラッシュを念じる。

――五重合成魔導、プラチナムブレイク。

白金に輝く剣閃《けんせん》が煙を両断し、虚空を切り裂く。

プラチナムブレイクをまともに喰らったダークワイバーンは、その身を溶かしつつもワシへの敵意を緩めない。

「あと120万……この調子だと、あと六回はかかる計算になるけど……」

「上等だ、何度でも撃ち込んでやるよ。それよりミリィは迎撃をしっかりな」

「わ、わかってるっ！」

さらにその後、ワシらは逃げながら何度か大神剣アインベルを使ってプラチナムブレイクを放ち、奴の魔力値を順調に減らしていった。

だが奴は諦めることなく、身体を再生させながらしつこく追いすがってくる。

「ギャウッ！」

「させるかぁっ！」

ダークワイバーンの放ってくるブラックバレットを、ミリィはあっさりと迎撃してしまった。

慣れてきたのか、その動作は大分スムーズだ。

よしよし、ちゃんと集中できているようだな。

「ミリィ、そろそろ奴の攻撃にも慣れてきただろう？　攻撃にも参加してもらうぞ」

「えぇっ!?　ふ、不安だよぉ……」

「大丈夫だミリィ、お前ならできる」

そう言ってミリィに大神剣アインベルを握らせた。

「うわ……こんなに熱いんだ……」

「魔導を込めているからな」

強力な魔導を込めるほど大神剣アインベルは滾《たぎ》るように熱くなり、脈打つごとくその身を震わす。

柄《つか》を握るミリィの小さな手の上からワシは手を被《かぶ》せ、ぎゅうと握り締めた。

後方で、ダークワイバーンへ魔力が集中していく。

ミリィはそれに気づいたのか、剣を握ったままグリーンバレットを念じた。

「無駄よっ！」

ダークワイバーンの放つ魔導の球は全て撃ち落とされ、またも煙が視界を包む。

だが奴の居場所はすでに記憶にある。また視界が塞がると同時に、ワシは大神剣アインベルを振り上げた。

「ミリィ、タイミングを合わせろよっ！」

「うんっ！」

ミリィの返答を受け、ワシは斬撃と共にタイムスクエアを念じる。

時間停止中に念じるのはホワイトスフィアを四回。

大神剣アインベルに込めていた四回のホワイトスフィアと、ミリィのをさらに追加で一つ。

――九重合成魔導、ホワイトスフィアキューブ。

轟《ごう》、とワシの後方を閃光《せんこう》の奔流《ほんりゅう》が吹き荒れる。

前を向いていてなお、目の眩《くら》むような光。

徐々に光が収まっていくのを感じ、ワシは後ろを見やる。

そこにはダークワイバーンの姿はなく、黒い石がゆっくりと地面へ落ちていくのが見えた。

「やれやれ、やっと終わったか」

「……ふはぁ、緊張したぁ～」

大きく息を吐くミリィの頭を撫《な》でつつ、ワシはウルクを走らせるのだった。


しばらくして、ミリィがもぞもぞ動いているのに気づく。

「どうかしたのか？」

「あの……そろそろこの手綱を外して欲しいんだけど……」

「……あぁ」

完全に忘れていたが、ワシとミリィは手綱で結びつけられていたのだった。

手綱を外すために、ぐいと引き寄せると、ミリィの声が漏れる。

「ん……っ」

「む、これは……」

「あん、ちょっとゼフ……あんまり動かれると擦《こす》れて……っ」

ぐいぐいと、手綱をほどこうとするたびにミリィとワシの身体が擦《こす》れ合う。

ミリィが耐えるようにワシの胸の中で目を瞑《つむ》っているが……これは参ったな。

「やれやれ、どうしたものかな」

「……外れないの？」

「うむ、絡まってしまってな」

困ったことに手綱が絡み、外そうとすればするほどワシとミリィの身体を締め付けるのだ。

不安定なウルクの背の上である。下手に動くと落ちてしまうな。

「仕方ない、このまま帰るとするか」

「えぇっ!?　……この格好で？　恥ずかしいわよっ！」

「いいからワシに掴《つか》まっていろ」

「う、うぅ〜……」

真っ赤な顔で俯《うつむ》くミリィだが、それ以上抵抗する様子はない。

ミリィの身体を左手で抱きしめてやり、ワシはウルクの手綱をぴしりと鳴らすのであった。


「おおっ、ゼフっちぃ〜おかえり〜っ！」

かなり上空にいたのだが、レディアはウルクに乗ったワシらに気づいて手を振ってきた。

レディアは、セルベリエとシルシュを重ねて肩に担いでいる。

どうやら二人とも、まだ気絶しているようだ。

ワシはウルクを地上に着陸させる。

「おお……なんかゼフっちってば、白馬に乗った王子様みたいで、かっくいぃ〜」

ワシの横腹を肘《ひじ》で突《つつ》いてからかうレディアに、ワシも言葉を続ける。

「ワシが王子なら、さしずめミリィはお姫様といったところか？　くっくっ」

「な……っ！　も、もぉ……」

そう言ってミリィは俯《うつむ》いて黙りこくってしまった。

ミリィの横顔を覗き込むと、困っているような嬉しそうな……何とも複雑な表情である。

お姫様扱いされて、満更でもないのだろうか。

どれ、今日はよく頑張ったし、ミリィにはもう少しお姫様気分を味わわせてやるとするか。

ワシはレディアからナイフを借りて腰の手綱を切ると、ウルクの背から飛び降り、ミリィへと手を伸ばす。

「ほら、掴《つか》まれよ」

「ちょ……ゼフったら……」

文句を言いつつも、ミリィはワシの手を取る。

しかし緊張したのか、降りようとしたミリィは足を滑らせてバランスを崩してしまった。

咄嗟《とっさ》に抱きかかえると、お姫様だっこになった。

「やれやれ、大丈夫かな？　お姫様？」

「あ……ぅ……」

小さく声を漏らし真っ赤になって俯《うつむ》くミリィは、借りてきた猫のように大人しくなった。

「あ～いいなぁ、ミリィちゃん。あとで私もやってもらお～っと♪」

「レディアは重いからな……」

「ひどっ！　ゼフっち何気にそれヒドいよっ⁉」

ぶーたれるレディアとミリィを連れ、ワシは首都へと足を向けるのだった。

4

――それから二日間歩いて、ワシらは首都プロレアへと帰還した。

「はぁ～、やっと帰れましたねぇ……」

「そうね、あー早くお風呂に入りたいっ！」

「しばらく留守にしてたから、お掃除もしないといけないねぇ～」

家の扉を開け、ミリィたちは風呂へと向かった。ワシは後から一人でゆっくりだな。

「……ん？」

机の上を見ると、一枚の手紙が置かれていた。

出立前にはこんなものなかったはずだが……誰かが置いたのだろうか。

拾い上げた手紙に打たれていた刻印は、魔導師協会のものだ。

ベリベリと封を剥《は》がし、中の紙を取り出して広げる。

「なになに？　イエラ＝シューゲルよりゼフ＝アインシュタインへ、愛を込めて」

ったく、ふざけおって。思わず破り捨てそうになるのを我慢して読み進めていく。

『例の黒い魔物の目撃証言が世界中で増えている。

その中には好戦的で、人々を襲うのもおるようなのじゃ。

黒い魔物と戦っていたゼフならわかると思うが、奴らは非常に強い。

妾《わらわ》たち五天魔や派遣魔導師も対応しようとしているが、非常に忙しくて手が回らんのじゃ。

そこで、文面での依頼で本当に申し訳ないが、黒い魔物の討伐に応じてはくれないじゃろうか。

黒い魔物はこの大陸だけでなく、ゼフたちの故郷のある東の大陸でも目撃証言があるとのこと。

まずは東の大陸へ赴《おもむ》き様子を見て来てもらいたい。

もし行ってくれるならば、この書状を持って緋《ひ》の五天魔の塔を訪ねてくれ。

さすればそこにいる者が、東の大陸へと転移させてくれるであろう。

では、よろしく頼む』

「――か、イエラの奴め……」

書状を読み終え、ワシはイエラに毒づく。

黒い魔物については、イエラがダンジョン封印の依頼に来た時に報告しておいたのだが、ワシら以外にも目撃者がいるようだ。

しかも、東の大陸にも黒い魔物があらわれて人を襲っているだと？

ナナミの町に一人残してきたワシの母のことを考えると、このまま見過ごすことなどできるはずがない。

「それ、イエラさんの手紙だよね」

いきなり後ろから聞こえた声に振り向くと、そこには風呂上がりで髪の毛を下ろし、部屋着に着替えたミリィの姿があった。

他の皆も、ぞろぞろとワシの周りに集まってくる。

「東の大陸に黒い魔物……か。ここ数日で妙に頻繁に出会っていたが、やはり数が増えているのかもしれないな」

「うっそ!? お父さん大丈夫かなぁ……」

そういえば、レディアも親父さんを残してきたのだったな。

「東の大陸……海の向こうですかぁ……」

「ね、みんな行ってみましょうよ！ レディアのお父さんやゼフのお母さんのことも心配だしさ！」

ミリィの言葉を聞いた皆の間に、妙な緊張が走る。

「確かに……心配だな」

「うんうん、そういえばゼフっちのお母さんにはまだ挨拶してなかったよねぇ」

「ゼフさんのお母さんかぁ……どんな方なのでしょうか」

興味津々といった三人は、本来の目的をどこかへおいてきたような顔をしている。

……まぁ文句なくついてきてくれるなら、それで十分か。

「それじゃ、次は東の大陸に行くことにけってーい♪」

人差し指を突き上げて叫ぶミリィは、すごく嬉しそうである。

ミリィにとっても、東の大陸はワシと出会い、長い時間を共にした思い出の場所である。

もちろんそれはワシも同じで、久しぶりの故郷に思いを馳《は》せるのであった。

◆　◆　◆

——翌日、ワシらは準備を終えて緋《ひ》の五天魔の住まう塔、炎天の塔へと向かう。

街の北にある炎天の塔はメインストリートの正面に位置するため、はっきり言って目立つ。

赤いレンガの外壁に彩《いろど》られ、高くそびえる炎天の塔はまるで燃え立つ炎のようだ。

「……懐かしいな」

「何か言った？　ゼフ」

「いいや、何でもないよ」

ミリィの頭を撫《な》でて誤魔化す。

前世でワシが緋《ひ》の五天魔だった時、少しだけ住んでいた場所だ。つい当時を思ってしまう。

炎天の塔にたどり着き、入口に立つ初老の守衛に声をかけた。

「少しいいか」

「へぇ、何か用でしょうか？」

見覚えのある顔のこの老人。そういえばワシがフレイムオブフレイムとなった時も、守衛をしていた気がするな。確かに当時より少し若いが……それにしても、こんなに前からいるのか。

懐かしさに目を細めつつ、ワシは老人に言葉を続ける。

「中に用があるので入れてもらいたい。書状はある」

「ふむふむ……おぉこれはイエラ様の書状ですかな。わかりました、どうぞ」

老人が何やら扉を弄《いじ》ると、ガチャンと留め金が外れる音がした。

老人はガラガラと扉を開き、ワシらを中へと迎え入れ案内してくれる。

「へえ〜、ここが炎天の塔の中かぁ……イエラさんの空天の塔とは結構違うんだねぇ」

「塔の内部は初代の五天魔がデザインしているからな。統一感もへったくれもないのだよ」

「ほぉ、お若いのによくご存知で」

「昔ちょっと、な」

赤レンガの敷き詰められた通路を歩き、老人に先導されて塔の中を進む。

しばらく歩いて、とある部屋の前で老人は立ち止まった。

恐らく、この部屋にワシらを東の大陸に案内してくれる派遣魔導師がいるのだろう。

老人がノックすると、扉越しでもよく通る声が返ってきた。

「——どうぞ」

「失礼いたします」

扉を開けて中に入ると、赤いベレー帽を被《かぶ》った銀髪の少女が優雅に紅茶を飲みながら、豪華なソファーに座っていた。年の頃は十二、三といったところか。

この少女、どこかで見た記憶があるな。

ワシと目が合った少女は、その年齢に似合わぬ鋭い視線でワシらを見据えた。

「貴方《あなた》たちがイエラ様の言っていた方々ですね。私はエリス＝キャベルと申しますわ」

その名にワシは驚き目を丸くする。

——エリス＝キャベル。こいつは現フレイムオブフレイムであるバートラム＝キャベルの娘で、前世においては魔導師協会に所属するワシの同期であった。

出会った当初は良きライバルとして切磋琢磨《せっさたくま》していたのだが、何が気に入らなかったのか、次第に因縁をつけてくるようになり、以来、しょっちゅう噛みつかれ、いがみ合ってきた仲なのだ。

……うーむ、まさかこんなところで出会うとは。

「何ですか、私の顔をじっと見て……もしかして何かついています？」

「……いや、知り合いに少し似ていたものでな」

「そうですか。ならよろしいですわ」

いかんな、不自然な態度を取ってしまった。

ミリィたちも不審に思っているのか、背中に刺さる視線が痛い。話を強引に戻してしまおう。

「ええと、エリス。ワシはゼフ＝アインシュタインだ。こっちは仲間で左からミリィ、レディア、セルベリエ、シルシュ」

「存じておりますわ」

目を閉じて、上品な仕草で紅茶を飲むエリス。優雅な振る舞いは今も前世も変わらない。

「イエラ様から言付けをいただいております。あなた方を連れて東の大陸へ飛べ、と」

「話が早くて助かるよ」

「本当は一人で行きたかったのですが……イエラ様の頼みでは仕方ありませんわ」

エリスは少し不満そうな顔をしつつも、紅茶を飲み干して席を立つ。

そして部屋の奥へ行ったかと思うと、何やら絨毯《じゅうたん》のようなものを引っ張り出してきた。

床へ転がして広げられたそれは、布製の巨大魔法陣。

「これは魔導を強化する魔法陣。本来は一人分しか移動できない転移の魔導ですが、この魔法陣を使えば六人程度まで一度に転移可能ですわ」

そう言ってエリスは、クローゼットにかけてあった白いコートをふわりと纏《まと》う。

——派遣魔導師のコートである。

「エリスは派遣魔導師なのか？」

「先日、協会に無理を言って承認していただきました。……と言っても、見習いですけれどもね。非常時で人が足りないもので」

「へぇ～すごいね、エリスちゃん。この歳で派遣魔導師だなんて」

ミリィが近づくと、エリスはそれを拒むように一歩下がる。

きょとんとするミリィに、エリスは眉をひそめて口を尖《とが》らせた。

「……貴女《あなた》のような子供にちゃん付けされるのは不快なのですが」

「えぇ～？　だって私より歳下っぽいし……じゃあエリスって呼んでいい？」

「呼び捨てですか……まぁ、とりあえずそれでいいでしょう」

髪をかきあげて、高圧的にミリィを見下ろすエリス。

自分のほうが子供のくせに……と、ミリィがブツブツと呟《つぶや》いている。

エリスは結構性格がキツい上に、プライドも高い。真面目に相手をすると面倒くさいぞ、ミリィ。

「それでは皆さん、乗ってくださいな」

エリスの言葉に従い、ワシらは魔法陣の上に乗る。結構ぎゅうぎゅう詰めだ。

エリスも魔法陣に乗ろうとしたが、スペースがなく踏みとどまった。

「……少し場所を空《あ》けてくださいますか？」

「ちょ……どこ触ってるのよゼフっ！」

「仕方ないだろう、こんなに狭いのだから」

「あっはは、こうすればいいんだよ～」

長い両手でワシらをぎゅうと抱き寄せて、スペースを作るレディア。

その空《あ》いたスペースにエリスが乗り込み、何やら念じ始める。

——転移の固有魔導、ポータル。

魔導師協会の派遣魔導師のみが使える固有魔導の一つ。かなり長い念唱時間と膨大な魔力を消耗するので戦闘には向かないが、行ったことのある場所であれば世界中どこにでも移動できる、超便利な魔導だ。

「では、いきますわよ」

エリスに魔力が集まっていき、ワシらの身体を青い光が包む。

足元が消えるような浮遊感を覚えながら、次第に意識が遠くなっていった。

真っ黒い空間を逆さまに落ちていく感覚。

転移の魔導ポータルは、実はワシも体験したことがない。空間を飛び越えるという初めての体験に、少々戸惑いを覚えている。

皆も不安なのかワシにしがみついているが、エリスは一人離れた場所で目を閉じ、腕組みをして白いコートをなびかせていた。余裕の表情である。

しばらくして不意に、目の前が開け視界が白く染まった。

そしてワシの身体を、重力が支配していく。

「着きましたわ」

エリスの声とほぼ同時に、ワシらはもみくちゃになって地面へと投げ出された。

その横で、コツコツと靴の音を鳴らしてエリスが青い光の前に立つ。そして優雅な仕草で手を横に薙《な》ぐと、光の柱は消滅してしまった。

ワシらは何とか皆起き上がり、土埃を払って辺りを見回す。

草原から届く若草の香りが鼻をくすぐり、小鳥のさえずる音が空から聞こえてきた。

懐かしいこの感じ……間違いなく東の大陸だ。

遥か遠くにはワシの故郷である、ナナミの町が見える。

「うわぁ～懐かしいねぇ……ゼフ」

「そうだな」

ナナミの町はミリィと初めて出会った場所でもある。

ミリィは確か信用できる同年代の仲間を集めるため、少年魔導師であったワシの噂を聞きつけてこの町に来たのだったか。

あの時はまさかこんな長い付き合いになるとは思ってもみなかったが……そういえば、クロードと初めて会ったのもここだったよな。

懐かしくなって辺りを見渡すワシらを無視し、エリスがすたすたと歩き始める。

「おいおいエリス、一人で行くつもりなのか？」

「えぇ、群れるのは好きではありませんので」

振り返りもせずに答えるエリスを見て、ワシは思わず口角を吊り上げた。

――それは助かるな。

正直言って、ワシはエリスのことが苦手である。

エリスは非常にプライドの高い奴だ。フレイムオブフレイムの娘という肩書きがあるからか、妙に人に食ってかかる癖《くせ》がある。

前世では一緒にいて色々とトラブルに巻き込まれたし、別行動をしてくれるならそれに越したことはない。

アイツの実力ならこの辺りの魔物にはそう簡単に負けないだろうし、転移の魔導もあるので腹が減ったら家に帰るだろう。

くっくっとほくそ笑むワシの横からミリィが飛び出す。

「待ってよエリス！」

おい、やめろばか。折角《せっかく》いなくなってくれると言うのに、何やってるんだ。

ミリィに自分の名を呼ばれたエリスは、鬱陶《うっとう》しそうに振り向く。

「……何かしら、ええとマリィ……さん？」

「ミリィだってば！」

「……ぷっ」

エリスのボケにミリィ以外の皆がつい噴き出してしまう。

「ね、エリス！　折角《せっかく》だし私たちと一緒に行きましょうよ」

「はぁ……何故わたくしがそんなことをしなければいけませんの？」

「いいじゃん、旅は道連れっていうしさ。それに私たちの行く方向もこっちだしね」

得意げに言ったミリィに、エリスは困ったような顔をする。

何か良い言い訳を考えていたようだが、気の利《き》いた言葉が思い浮かばなかったのか、ため息を吐いて首を振った。

「……行き先が同じなら仕方ないですわね」

「わーい♪　やったぁ！」

「言っておきますが私、馴れ合いの類《たぐい》は好きではありませんので」

「〜♪」

エリスの毒吐きもミリィには効果がないようだ。

結局同行することになり、ワシらの少し先をエリスがスタスタと小走りで進む。

まぁ小柄なエリスの小走りは、ワシらが普通に歩く速度と大して変わらないのだが。

と、いきなりシルシュが皆の前に飛び出した。

「魔物です」

「何故わかるのですか？」

「シルシュは獣人だ。魔物の気配を敏感に察知できる」

「……そういうことですの」

ワシの言葉に納得したのか、エリスも含めた全員が戦闘態勢に移行する。

あらわれたのはダークゼルだ。

「サモン……」

「待て、ミリィ」

即座にウルクを呼び出そうとしたミリィの口を押さえて止める。

《サモンサーバントは使うな。通常の魔導のみで相手をするのだ。というか、お前は戦わないほうがいい》

《何でよっ！》

《エリスはプライドが高い奴だ。先刻も歳の近いミリィだけがやたら絡まれていただろう？》

《えぇ～何よそれ……》

《面倒な奴なのだよ。アイツの前ではあまり強力な魔導は使わないほうがいい》

不満げなミリィの頭を撫《な》でながら、子供を諭《さと》すように優しく念話で語りかける。

《我慢してくれ。現状はミリィのほうが魔導師として優秀だ。エリスがミリィの実力に嫉妬して絡んできたら鬱陶《うっとう》しいだろう？　しつこいぞ〜、あいつは》

《ん、んーわかったわよ……しょうがないなぁ》

ニヤニヤと照れくさそうにしながら納得するミリィ。うむ、チョロい。

《セルベリエも、ほどほどに戦ってくれ。ミリィと違って嫉妬されることはないと思うが、何かあったら面倒だからな》

《……仕方あるまい》

渋々了承したセルベリエの横で、ミリィは首を傾げる。

「でも、ゼフは何であの子のこと、そんなに詳しいの？」

「……気にするな。それより行くぞ。レディア、シルシュ」

「あいよっ」

「はいっ」

ワシは二人の武器に手をかざすと、まばゆい光が宿る。

「ホワイトウエポン」

実際は四重《スクエア》だが、ただの付与魔導であるとさりげなくアピールしておく。

タイムスクエアのことは当然秘密だ。

エリスは、そのうちワシが倒す予定である現フレイムオブフレイム、バートラム＝キャベルの娘だしな。手の内は見せぬに越したことはない。

「行くよっ！　みんな！」

ミリィの掛け声で皆がダークゼルに飛び掛かる。

しばらく後、皆にタコ殴りにされたダークゼルは、あっさりと消滅してしまった。

「黒い魔物……かなり強いと聞いておりましたが、思っていたよりも早く倒せましたわね」

ホワイトウエポンスクエアをかけたレディアとシルシュ、二人がかりの攻撃なら瞬殺も当然だ。

あっさりに見えるのは、エリスが四重合成の付与魔導に気づいていないからだな。

「レディアさんとシルシュさんでしたか、素晴らしい動きです。是非我がギルドにスカウトしたいですわ」

「「へっ？」」

エリスの言葉に二人は目を丸くする。

おいこら、何いきなり勧誘してるんだコイツは。

二人は顔を見合わせた後、困ったような笑顔でエリスに返した。

「いや～ごめんね、エリっち。それは無理だよ」

「お気持ちだけ受け取っておきます。申し訳ありません、エリスさん」

「……冗談ですわよ」

そう言って微笑むエリスだが、目は全く笑っていない。

ワシも前世でエリスのギルド（正確にはバートラムのギルドだ）に入ったことがあるが、やたら固っ苦しい規律ばかりだったのですぐ逃げ出してしまった。

その後も、エリスはしつこく誘ってきたのだったな。

あぁ、思えばあの辺りからエリスと険悪になったのか。

ため息を吐いていると、シルシュの耳がぴこんと立った。

「魔物……それもまたダークゼルですね」

「何だと……？」

シルシュの言葉通り、岩陰からのそりとあらわれたのはダークゼルだ。

黒い魔物との連続遭遇に、皆の間に戸惑いと緊張が走る。

ワシらのいた北の大陸では黒い魔物はあまり見かけなかったが……この東の大陸では早くも二匹目に遭遇だと？

嫌な予感……ワシの背筋に冷たいものが伝う。

「もしかすると東の大陸では黒い魔物が多く棲息しているのかもしれない。いや、すでにナナミの町は落とされた後なのか……くそっ、町まで一気に駆け抜けるぞ」

「うんっ！」

ワシはレディアを、ミリィはシルシュの手を取り、テレポートを念じる。

さらに連続でテレポート念じると、景色がぐんぐん流れていく。

「ちょ……お待ちなさい！」

遠く後ろからエリスの声が聞こえ、すぐに追ってくるのが見えた。

何か叫んでいるようだが……今はお前に構っている余裕はないのだよ。

もう一度テレポートを念じて飛ぶと、レディアが遠くの方を見て叫ぶ。

「ゼフっち、あそこにもダークゼルだよ！」

「またか……！　一体どうなっているのだ？」

普通の魔物と同じくらい、黒い魔物がこの辺りには出現する。

いや、むしろナナミの町に近づくにつれ、目に見えて増えるダークゼルの数。

くそっ、ワシの故郷は……母さんは……っ！

思わず歯を軋《きし》ませ、ワシはテレポートで全力で飛ばすのであった。


――そして飛ばすことしばし、ナナミの町に近づいてきた。

よし、もうすぐだ。もう一度テレポートを念じようとした瞬間、レディアがワシの手を強く握る。

「止まって、ゼフっち」

何故だ――そう言おうとしたワシは、後ろに誰もついてきていないことに気づく。焦《あせ》りで飛ばし過ぎて、皆を置いてきてしまったのだ。

まずいな……魔力も殆《ほとん》ど残っていない。

「ここで皆を待ちましょ、焦《あせ》ってもいいことはないよ？」

「……あぁ、そうだな。助かったよレディア」

「ん、そうね。時々アツくなりすぎるのはゼフっちの良いところでもあるけど、悪いところでもあるのよね～」

ワシの頭を抱え、落ち着かせるように優しく撫《な》でてくれるレディア。

確かにレディアの言う通りだ。仮に悪い予感の通りナナミの町が黒い魔物に襲われていたとしても、ワシ一人では、しかも魔力が空《から》になっている状態では何もできずにただ死ぬだけであろう。

皆を待ち、万全の状態で行くべきである。

「……ありがとうレディア、落ち着いたよ」

「ん、そう？　もう少しこうしてあげてても良かったんだけどなぁ～」

「からかわないでくれ」

あっはは、と大きく口を開けて笑うレディア。まったく、敵《かな》わないな。

そうこうしているうちに、遠くの方からセルベリエらしき小さな影が見えた。

その後に、ミリィとエリスが続く。

「何だ、やけに遅かったではないか」

「ごめん……えと……」

エリスの方をちらりと見るミリィの仕草で全てを察する。あぁ、そういうことなのだな。

「……誰も助けてくれとは言っていませんわよ」

「わかってるってば！　もぉ、エリスは偏屈だなぁ」

「……ふん」

ぷいとそっぽ向いてワシらから気まずそうに目を逸《そ》らすエリス。

恐らく魔物に絡まれたエリスを助けるため、ミリィたちが助けに戻ったのだろう。そのせいで時間がかかってしまったのだ。

「気にするな、誰にでも失敗はあるさ」

「……ふん」

ワシらから離れて後ろを向くエリスを放置して、話を進める。

「……あれがナナミの町だ。黒い魔物が中にいる可能性もある。皆、十分注意してくれ」

「うん、わかった！」

「エリスはここで待っていろ、状況次第ではお前のフォローまで手が回らんからな」

「……っ！」

町の中はどうなっているか全く判断がつかない。

最悪、町が全滅していることもありうるだろう。そんな状況ではエリスの面倒までは見切れない。

ワシの目に一瞬怯《ひる》んだエリスは、しかしすぐに強気でワシを睨み返してきた。

「け、結構ですわっ！　私の使命は黒い魔物の調査。しっかり務めて見せますわ！」

「……できるだけ離れてついて来いよ」

ぽん、とエリスの肩に手を載せて、ナナミの町の方へと向き直る。

プライドの高いエリスだが、状況がわからぬほど愚かでもない。

町を囲う壁の方へ向かうワシらの後を、かなり離れてついてきている。

さて、鬼が出るか蛇《じゃ》が出るか……！

固く閉ざされていた町の門には、いつも立っているはずの門番がいない。

やはり何か起こっているのかもしれない。そう思い警戒しながら近づいていくと、不意に扉がギシギシと軋《きし》むような音を立てて開いた。

ギィイ、と鉄の扉が開くと共にワシらは戦闘態勢を取る。

後ろの方をチラリと確認すると、エリスは大分後方で待機しているようだ。よし、あそこならいつでも逃げられるだろう。

半分開いた扉からゆっくりと出てきたのは——ナナミの町の門番である。

「おや、旅の方ですか。……どうかしましたか？　そんな物騒な顔をして」

「……」

門番ののんきな言葉に、ワシらは脱力し戦闘態勢を解くのだった。


「ほう、魔導師協会から来た方ですか」

「魔物の調査でな」

「これはこれは、遠いところまでよくおいでくださった。ナナミの町へようこそ」

人懐《ひとなつ》っこい表情で笑う門番と握手を交わす。

先刻門番が見当たらなかったのは、単に飲み物を取りに行っていただけらしい。

腰に下げた水筒を取り、ゴクゴクと水を飲みながらそう語ってくれた。

「しかし、のんきだな。門番が門を離れてもいいのかよ」

「あまりよくはありませんがね……まぁ平和なのです。ちょっとくらい目を瞑《つむ》ってくださいな。はっはっは」

「いや、平和ではないだろう。その辺にダークゼルがうろうろしているではないか。町は襲われなかったのか？」

「ふむ、そういえば結構前に黒い魔物が町に来たことがありました」

もったいつけるように、門番はゆっくりと語り始める。

「黒い魔物……魔導師協会の方々はダークゼルと名づけたんでしたっけね。最近あれが町の外で見かけられるようになったんですわ」

門番曰《いわ》く、最初は町の外をうろついているだけの黒い魔物であったが、他の魔物を襲って食べているところがたびたび目撃されるようになった。

気味が悪いと町から外へ出る者も減ってきたある日、町の外の牧場の家畜を食べられるという事件が起こったそうだ。

撃退を試みたが一般人ではダークゼルに敵《かな》うはずもなく、家畜は食われ放題だったらしい。

「ですがある日、突如あらわれた旅の聖騎士様が黒い魔物を追っ払ってくれたのです」

「聖騎士様……？」

ミリィの声に門番はこくりと頷く。

聖騎士ときたか。自分で名乗っていたなら中々痛い奴だな。

「ええ、ものすごく強いお方でね。黒い魔物をあっという間に撃退してしまわれたのですよ」

「へぇ～そうなんだ」

感心するように頷くミリィが、ワシに小声で話しかけてくる。

「ねぇゼフ、黒い魔物は魄《はく》の魔導でしか倒せないよね。その聖騎士さん、ホワイトウエポンが使えるってことなのかな？」

「かもな。魔導による強化で戦闘力を上げる、魔導戦士というやつかもしれん」

戦闘で魔導と剣術や体術を同時に扱える者は稀《まれ》だ。

魔導師が戦闘の補助に武器を使うケースは多いが、せいぜい防御かワシのように特殊な武器を魔導の強化に使う程度である。

魔導を使うにはかなりの集中力がいるため、近接戦闘をしながら念じるのは難しい。

戦闘に関しては魔導か武器か、どちらか片方だけで戦ったほうが余程やりやすいのである。

「聖騎士様はまだ町にいますから、よろしければお会いしてみるといい。いつも周りに女の子が集まっているので、すぐわかりますよ」

「へ～、その人イケメンなのかな？」

「どうでもいい。それより中へ行くぞ」

門番に別れを告げ、ワシらは町の中へと入る。

広がる田園風景と、少しボロっちい町並み。まばらにある民家の間を、人々は活気に満ちた様子で行き交っている。

「うわぁ～懐かしいね、ゼフっ！」

「……あぁ」

ミリィも同じ気持ちなのか、ワシの手をちょんと握ってくる。

その横でエリスが腕を組み、町を一瞥《いちべつ》した。

「ふーん……ド田舎ですわね」

「だがいい町だ、こういう空気は嫌いじゃない」

「せっちんの言う通りだね。とりあえずさ、ゼフっちの家に行ってみましょうよ」

「そうですね、ゼフさんの生まれ育った家を見てみたいです」

う……ワシの家に案内するのか。別に構わないのだが、いきなり大人数というのもな……母さんも驚くだろうし。

少し悩んだ後、ワシは皆の方へ向き直る。

「……すまぬが今日は皆、町の宿に泊まってもらえるか？」

「へ？　何で？」

「いきなり大人数で帰ったら母さんを驚かせてしまうかもしれないし、今日はワシ一人で帰ろうと思う」

「えぇ〜、つまんないぃ〜っ」

ぶーたれるレディアの後頭部をセルベリエがぺちんと叩く。

「落ち着けレディア……確かに、突然こんな大勢で押しかけたらゼフの母親も困るに違いない。寝る場所もないだろうしな」

「私は外でも構わないのですが……」

「私は嫌ですわよ！　ていうか最初から行きたくもないですし、宿に向かいましょう」

いつも面倒なエリスだが、今回ばかりはワシの強い味方だ。

何とか納得してくれた皆を宿へと連れて行く。

三年ぶりな上に、あの時もチラッとしか町にはいなかったが、意外と覚えているものだな。

道すがら目に入ったのは、昔クロードが泊まっていたボロ宿。

嫌な記憶が蘇《よみがえ》るのを抑えつつ、ワシはその少し先の大きな宿へと皆を案内する。

手続きを終える頃には、すでに日が傾き始めていた。

「それじゃ皆、明日また会おう」

「うんっ！」

ミリィたちと別れたワシは、実家への道を一歩一歩進んでいく。

風景は徐々に見知ったものが多くなり、懐かしさと共に若干の緊張が胸を支配してきた。

三年ぶり……か。

あぜ道を歩き、白塗りの壁を通り過ぎてワシは自分の家に辿《たど》りつく。

ワシの家は別段変わっていないものの、少しだけ小さく見えるのはワシが成長したからだろうか。

外にはまだ洗濯物が干してあり、晩御飯の美味《うま》そうな匂いが漂ってくる。

母さんが、中にいるのだ。

ごくり、と喉を鳴らしワシはドアの前に立ち、恐る恐るノックする。

コンコン、と乾いた音が響き、その後母さんの返事が聞こえてきた。

「はーい、どなたさまー？」

あまりにも懐かしい声。人が走ってくる音がトタトタと響く。

そしてドアを開けて出てきたのは、ブラウンの髪を後ろで括《くく》り、料理中だったのかエプロンをつけたままの母さんであった。

「あぁ……その、えと……」

思わず言葉に詰まる。何と言おうかと考えていると、母さんがワシを見上げて覗き込んできた。

その目じりには少し皺《しわ》が寄り、髪には白いものがちらほら混じっている。

小柄に見えるのは、ワシが成長したからだけではないだろう。

随分と、久しぶりだものな。

感傷にふけっていると母さんが目を細め、ワシに顔を近づけてきた。

「……もしかしてあなた……ゼフ？」

「あ……う、うむ」

気の抜けた返事をしたワシを見て、母さんは顔を綻《ほころ》ばせる。そして、思いきり抱きしめてきた。

「おかえりっ！」

「……ただいま」

そうだ、何を考えていたのだワシは。

別に気の利《き》いた言葉など必要なかった。「ただいま」と、それだけでよかったのだ。

ワシは無言で、母さんの腰に腕を回したのだった。

「いや～、まさかゼフがいきなり帰ってくるとはねぇ。せめて一言連絡くれたらご馳走作ったのにさ」

「ごめん母さん、急な話だったからな」

ワシだってつい半日前まで北の大陸にいたのだ。仕方ないだろう。

だが、それでも母さんはご機嫌らしく、鼻歌を歌いながらトントンと包丁で野菜を切っている。

「手伝おうか？」

「いいからあんたは座って待ってなさい。もうすぐできるから」

「……あぁ、わかったよ」

ゆっくりと目を閉じて、母さんの料理の音と匂いを楽しむ。何と言うか、安らぐな。

腕を頭の後ろに回すと、義手となったワシの腕がぎしりと軋《きし》んだ。

そういえば母さん、義手のことを聞いてこないのだな。

三年前の戦いで失った腕の代わりに、レディアとセルベリエが作ってくれた義手。

ワシの身体にすっかり馴染みすでに違和感も殆《ほとん》どないが、時々通りすがる人がぎょっとした目でワシを振り返るので、嫌でも思い出してしまうのだ。

……母さんがこれを見て、気づかないはずがない。

「～♪　～♪」

それでも聞いてこないのだ、折角《せっかく》帰ってきたのに暗い話はしたくないということだろう。

こちらから言い出すのは野暮《やぼ》だな。

「はいっ、お待たせゼフ。母さん特製のミソスープよ」

「流石《さすが》母さん、美味《うま》そうだ」

「ふふっ、お世辞はいいから早く食べちゃいなさい」

「いただきます」

皿がテーブルにコトリと置かれ、ふわりと漂ってきたいい匂いが鼻をくすぐる。

スープを口に入れると、懐かしい味が広がっていった。

「……美味《うま》い」

「おかわり、いっぱいあるわよ」

ワシが一心不乱にスープを口に運ぶのを、母さんはニコニコ笑いながら見ている。

「母さん、そんなに見られると食べにくいのだが……」

「いいじゃない、息子が美味しそうに食事してるのを見るのは、久しぶりなんだから♪」

「……まぁいいけどな」

照れくさいのを隠しつつ視線を逸《そ》らす。

そんなワシの様子を見て、母さんはまた笑うのだった。

「ところでゼフ、あんたミリィちゃんと旅に出たけど……もしかして別れちゃったの？」

「……っ！」

口に含んでいたスープを噴き出しそうになったのを、ごくり、と何とか飲み込む。

い、いきなり何を言い出すのだ、この人は……

「……今日はワシ一人なだけで、まだ一緒に旅をしているよ。この町にも来ているが、今日は気を遣って外してくれたのだ」

「あぁそうなの？　いえね、少し前に凄い美人がここを訪ねて来たのよ。ゼフの知り合いだってね。だから、ミリィちゃんから乗り換えたのかな～と思ってね」

「乗り換えるって母さん……それよりその話、詳しく聞きたいのだが」

「なんか、ゼフに迷惑をかけてしまい本当に申し訳ないと謝ってきて……腕の件やゼフの話も色々聞かせてもらったわ」

「……そうか」

グレインとの戦いで失った腕、のことか。

恐らく来訪者はアゼリアだろう。こっちに帰ってきたと言っていたからな。

腕のことは、アゼリアに頼まれグレイン捕縛に協力した結果、と言えなくもないので、家に詫びを入れに来てくれたに違いない。まぁ、アゼリアに頼まれなくとも、グレインとは決着をつけねばならなかったが。

「それで、母さんはその美人とやらをどうしたのだ？」

「まぁ可愛い息子をひどい目に遭《あ》わせたらしいから？　ちゃ～んと落とし前をつけさせたわよ」

そう言ってニヤリと笑う母さん。有無を言わさぬような迫力に、背筋がぞくりと震える。

「……ど、どうしたのだ？」

「ふふふ、まず冷たい水をたっぷり含ませた布を持たせ、腰に悪い姿勢のまま床の上を長時間走らせたわ」

「……」

「それから今度は乾いた布で同じことをもう一度……念入りに時間をかけてね。そしてぐつぐつと煮えたぎる鍋の中身を煮込ませ、鋭い刃物で指を傷つける危険を負わせつつ、まな板の上で素材を切断する作業に従事させたの」

「………」

「それから嫌がるその子に無理やり白い液を身体中に塗りつけて、熱い湯に長時間浸《つ》け、終わったら茶色い汁を強制的に飲ませて、何年も使ってない埃っぽい部屋に朝まで閉じ込めておいたわ」

「って、家事を手伝わせて一晩泊めてやっただけではないかっ！　しかもワシの部屋を使ったのかよっ！」

「ふふふ、えげつないでしょう？」

含み笑いをする母さんを見て、ワシは大きくため息を吐く。

……つまり、結局家事手伝いをさせて夕飯を一緒に食べ、風呂に入れて一晩泊まらせたということらしい。ったく、お人好《ひとよ》しだな。

「ま、悪い娘じゃなさそうだったからね……それに将来ゼフのお嫁さんになるかもしれないから、あんまりひどいこともできないでしょう？」

「ごほっ⁉　か、母さん⁉」

「まったく〜ミリィちゃんといいその子といい、ゼフったらモテるわねぇ〜。浮気はダメよ？」

「は、ははは」

からかうような顔でワシを見て笑う母さんに、乾いた笑いを返す。

危ないところだった、皆を連れて来ていたら、えらいことになっていただろう。

「今度ミリィちゃんも連れて来なさいよ？　あの子も結構良い感じに美人になったんじゃない？」

「どうかな……まぁ可愛らしくはあると思うが」

「あんたも素直じゃないわねぇ」

「母さんに似たんだよ」

「まぁ、口が減らないのは相変わらずねぇ」

ワシと母さん、お互いに顔を見合わせて苦笑するのであった。


食器を洗い、ワシは自分の部屋に向かった。

久しぶりの部屋は何も変わっておらず、見ているだけで落ち着いてくる。

……思えば、ここから始まったのだよな。

ベッドに横たわり、手を天井にかざす。

ゆっくりと魔力線の起動を確認し、レッドボールを念じた。

ボウ、と火の玉がワシの手のひらから生まれ、しばらく燃えるのを眺める。

燃え盛る火の玉は以前とは比べ物にならない。

魔力の供給を止めると、燃料が切れたことで火の玉はゆっくりと小さくなっていき、やがて消滅してしまった。

——成長、したな。

感慨にふけりながら、ワシは懐かしいベッドの上で意識を手放すのであった。

◆　◆　◆

「ゼフ、もう朝よ。早く起きなさい」

「ふぁ……うん、わかったよ」

下の階から母さんの声が聞こえてくる。

つい寝すぎてしまったようだ。まぁ、たまの我が家である。少しくらいゆっくりしてもいいだろう。

大きく伸びをして、欠伸《あくび》をしながら階段を降りていく。

「おはよう母さん」

「おはようゼフ。朝ごはん、できてるわよ」

「うん、いただきます」

ぼんやりとした頭で食事をかきこんでいると、ドアをノックする音が聞こえてきた。

何だこんな朝っぱらから……そう考えていたワシはデジャブを覚える。

そういえば昔、こんな感じで朝食中に呼ばれたような……

「ゼーフーっ！」

外から聞こえたミリィの声で全てを思い出す。

ここに住んでいた頃は、休みになるといつもミリィが朝からウチに来ていたな。

「あら、ミリィちゃんじゃない。久しぶりね～」

「お母さま、ご無沙汰しておりますっ♪」

「っ……か、母さん！　ちょっと待てっ！」

マズい。ミリィだけならまだしも、レディアたちが一緒に来ていたら母さんがあらぬ誤解をしてしまう。

ご飯をかきこんで、即座にミリィのもとへ駆けつける……が、時すでに遅し。

母さんの応対する扉の向こうにはミリィ、レディア、シルシュ、セルベリエが並んでいた。

「こんにちは～、ゼフっちにはいつもお世話になってます～」

「あ、あのっ！　初めましてっ！　私はその……シルシュと申しますっ！」

「セルベリエです、ゼフ……君とは仲良くさせていただいています」

「あ、あらあらあらあら……」

遅かった……。ぺちん、とワシは手のひらを額《ひたい》に当てる。

「どういうことか説明してくれるんでしょうね？　ゼフ？」

「すまん母さん、それはまた今度で頼む」

あまりの事態に、ワシは思わず母さんをスリープコードで眠らせるのだった。

――母さんをベッドに寝かせ、ワシは皆を家から連れ出す。

ため息を吐くワシと裏腹に、皆はすごく楽しそうだ。

「ゼフっちのお母さん、美人だったねぇ～」

「ウチのババアとは大違いだったな」

「イエラさんはその……確かに大違いですけれど、あの人は可愛らしいですよ？　セルベリエさん」

「中身はババアだ」

口々に騒ぐ皆を、ワシはじろりと睨みつける。

「まったく……いきなり来るのはやめてくれと言っておいただろうが」

「迎えに来るなとは言われてないも～ん」

両手を後ろで組み、悪びれずに言うミリィの後頭部を義手のほうで殴った。涙ぐんでいるが、お前が悪い。

「そういえばエリスはどこだ？」

「あ～エリっちは何か、私らと分かれて調査するんだってさ」

「朝起きたら置き手紙だけが残っていたのですが……大丈夫でしょうか」

「気にするな、シルシュ。エリスだって一応は派遣魔導師なのだからな」

プライドの高いエリスが、足手まといになるのを自覚しつつもワシらについてくるとは考えにくい。実はこうなることも半分くらいは予想していた。

まぁエリスはポータルも持っているし、放っておいて大丈夫だろう。

「……完全に忘れていたが、ワシらは黒い魔物の調査に来たのだったな」

「あぁ、これからどうする？　ゼフ」

「この町を襲った黒い魔物を聖騎士さんが倒したのでしたっけ？　でしたら、その人にお話を聞くというのはどうでしょう？」

「うむ、そうだな」

シルシュの提案に乗り、ワシらは聞き込みをすべく、大通りの方へ足を向けるのであった。


大通りに辿《たど》りついたワシらは、手分けして聖騎士とやらの情報を聞き回ることにした。

皆と別れ一人になったワシは、女の人だかりを見つけては声をかける。

聖騎士は女に囲まれているという話だったしな。そうでなくても、女はこの手の噂が好きである。

「聖騎士様？　ん〜、今日は見てないかな」

「白い鎧を着て、きれいな長い金髪のちょ〜イケメンなのよね〜。仮面をつけてて、なんかミステリアスだし……」

「いつもは、あのお店でよくお茶してるんだけど……」

「時々外に行って魔物を倒してくれてるみたいだから、町の外にいるのかも！」

しばらく聞き回ったが、収穫はなしである。

聞き込みはミリィたちに任せ、ワシは足で情報を稼いだほうがいいかもしれない。

「ワシには土地勘があるしな」

何しろ、ここはワシの故郷。旅人の集まりそうなところにはいくつか心当たりがある。

宿屋か商店街か……いや、酒場の辺りが怪しいかもしれん。

ワシは裏路地を抜け、酒場の方へと足を向ける。

この辺りも懐かしいな。クロードに乱暴をした兄のケインにブチ切れて、酒場に乗り込んだのを思い出す。それで酒場を滅茶苦茶にして逃げたんだったか。

思い出にふけっていると、人影が路地に入っていくのが見えた。

チラリと見えたのは金色の長髪に白い鎧、白いマントである。

――あれか！

即座にワシも路地に入る。

だが見失ってしまった。この辺りは結構道が入り組んでいるのだよな。

どこの路地を進んだかわからなければ、追いようがない。

ある程度聞き込みを終えて、昼頃にワシらは持ち帰った情報を共有すべく店でお茶をしていた。

ここは件《くだん》の聖騎士がよく来るという店である。

「聖騎士さんは結構町をうろついてるみたいだね～。いろんなところに出没するって言ってたよ」

「ここは田舎町だと聞いていたが、思ったよりも広いな……見つけるのに苦労しそうだぞ」

ふむ、セルベリエの言う通り、確かに手掛かりがほとんどない状態ではな。

「シルシュ、ニオイを辿《たど》って見つけられないか？　黒い魔物と戦っているなら、そのニオイがついているだろう」

「うーん……すみませんが、これだけ人が多い所ではちょっと無理ですね……」

手詰まり、か。しかし、落胆の沈黙を破ったのはミリィである。

「私、その人の住んでるとこを見つけたよ」

「本当か⁉」

「白い鎧を着た長い金髪の騎士風の男の人……だよね、町を歩いていたら丁度いたのよ。後をつけたら、町外れのホテルに入っていったの」

「でかしたぞミリィ」

「えへへ……それほどでもあるけどね♪」

「早速行ってみよう」

店を出たワシらは、ミリィの案内で聖騎士がいるというホテルへと向かった。

案内された場所はナナミの町で一番デカいホテル、リューカリオ。

「巨大な白い竜」という意味を持つその名は、田舎に似合わぬ豪勢な城のような造りだ。

時々町を訪れる貴族のために造られた宿泊施設で、金持ちが気まぐれで利用するらしい。

「おおっ、でっかいホテルだねぇ～」

「わざわざこんなところに泊まるなど、余程見栄っ張りなのだろうな」

「とりあえず、中でお話を聞いてみましょうか」

「いや、知り合いでもないのに取り次いではもらえないだろう。ワシに考えがある」

ニヤリ、と笑ってワシは物陰に皆を連れ込む。

「それで、どうするつもりなの？　ゼフ」

「ブラックコートを使い、隠れて中に入る」

――空《くう》系統魔導ブラックコート。魔力で対象に特殊な空気の衣を纏《まと》わせ、その姿を見えにくくする魔導である。ただし、あまり速く動くと衣が剥《は》がれて見つかってしまう。

「ブラックコートは結構コツがいるからな。慣れているワシとセルベリエでいく。皆はここで待機していてくれ」

「おっけーわかったっ！」

「いってらっしゃ～い」

「お気をつけて」

皆に手を振って別れ、ワシはセルベリエに向き直る。

「いくぞ、セルベリエ」

「うむ」

こくり、と頷いたセルベリエはブラックコートを念じ、背景と一体化していった。

おぉ、素晴らしい消えっぷりだな。流石《さすが》熟練のセルベリエである。

ワシも同じようにブラックコートを念じ、姿を消した。

セルベリエに比べると少々練度が低いが……この程度なら問題ないだろう。

ミリィたちにワシらの存在が見えなくなったのを確認し、ワシはホテルの内部へとゆっくりゆっくり歩いていく。

幸い、ロビーには退屈そうに欠伸《あくび》をする受付係くらいしかおらず、あっさりと侵入できた。

扉が開放されていなかったら危ないところだったがな。

目の前の風景が時折、ちらりと歪《ゆが》む。あそこにセルベリエがいるのだろう。かなり歩くのが速いな。

ワシらは無事二階へと上がり、空《あ》き部屋を確認して回る。

当然だがドアには鍵がかけられており、中を見ることはできない。耳を澄ませても音は聞こえない……が、寝ていることも考えられる。確認しないわけにもいかないだろう。

《どうするゼフ？》

《まぁ見ていろ》

ドアに手をかざしアンロックと念じると、かちりと音がして扉の鍵が外れた。

——開錠の魔導、アンロック。前世で、とある盗賊魔導師から悪事を見逃す代わりに教わった固有魔導である。滅多に使わないが、こういう時は便利だ。

ぎぃ、と小さな音を立てて扉を開け中に入る——が、誰もいない。

残念、外れだ。まぁ、いきなり当たりは引かないか。

「ふぅ……ちょっと疲れたな」

ブラックコートを解除して、ワシはベッドの上に腰掛けた。

セルベリエも同じように解除し、首をこきこきと鳴らしている。

ブラックコートを使用しての移動は精神的に結構疲れるのだ。

「セルベリエは大丈夫か？」

「私はこの魔導、結構得意だからな。ババアから逃げるために使うから、すでに極めている」

「そ、そうか」

妙に上手いと思ったら、イエラとの戦いで磨かれたものらしい。

澄まし顔のセルベリエを見ていると、コンコンと扉をノックする音が鳴った。

「なっ……!?」

戸惑いの声を上げると同時に、ガチャリと扉が開く。

まずい、ホテルの従業員か！　室内の清掃に来たのだろう。このままでは見つかってしまう！

思わずセルベリエの手を取り、クローゼットの中に一緒に入り込んだ。

「……今、何か物音が聞こえたような……」

従業員の声を扉越しに聞きつつ、ワシは見つかっていないことに安堵した。

《お、おい、ゼフ……っ！》

胸元からセルベリエの声。

狭いクローゼットの中に無理やり押し込んだため、セルベリエは窮屈そうだ。

しまった。咄嗟《とっさ》のことだったので、えらい体勢になっている。
《すまん、つい……》
《まったく……》
セルベリエとワシの身体は今、完全に密着している。
彼女の温《ぬく》もりが、心臓の音が、直《じか》に伝わってくる。
《マズ……っ》
いかん。身体のバランスが崩れ、物音を立ててしまいそうだ。
安定を求め身体を動かすと、セルベリエとさらに密着した。
「ぁ……」
セルベリエの声が漏れ、マズイというように口元を押さえた。
外に聞こえてしまったかもしれない。緊張が走り、息を呑む。
コトコトと、クローゼットの外から聞こえる音に耳を澄ましながら互いに身を寄せる。
そしてしばらく後、足音が遠のいていき、ガチャリと扉の閉まる音が聞こえた。
「ふぅー何とか見つからなかったか……」
「まったく、無駄に疲れてしまったな」
そう言いつつも、セルベリエは満更ではなさそうな顔をしていた。

セルベリエとしばしの休憩を終え、部屋を出る。

ホテル内は静かなものだ。少し休んでいるうちに清掃が終わったのかもしれない。

それでも一応ブラックコートで身を隠して進む。

一部屋ずつ耳を当ててチェックしていくと、立ち止まった部屋の一つからコトコトと物音が聞こえてきた。

「この部屋には誰かいるようだな」

「うむ」

鍵穴から中を覗くと、白い鎧のようなものが床に転がっているのが見えた。

ビンゴだ。セルベリエと顔を見合わせて頷き、ワシはドアをノックする。

「はい」

部屋の中から男の声が聞こえ、扉が開いた。

あらわれたのは、白いスーツのような服を纏《まと》った長身金髪の細身の男。身長はワシと同じくらいだろうか、少しヒョロいが町の人々の言う通り、中々のイケメンだ。

男はワシらを見ると、警戒するように身体を強張《こわば》らせる。

「……なんだい、君たちは？」

「魔導師協会の者だ。黒い魔物について少し話が聞きたくてな。入らせてもらっても構わないか？」

「協会の……！」

ワシの言葉を聞いた男に緊張が走る。魔導師協会の名は絶大なようだ。

とはいえ、身分の証明はできないからツッコまれるとすぐバレてしまう。一気に畳み掛けるか。

警戒して固まっている男に、ワシはにこりと笑いかけた。

「……ナナミの町を守ってくれたそうだな、まずは礼を言わせてもらおう、聖騎士殿。素晴らしい活躍だったと町の人々から聞いている」

「あ、あぁなるほど！　そういうことだったのか。ははは、ならばどうぞ、入ってくれたまえ」

ワシがヨイショすると、男は警戒を緩めワシらを部屋へと招き入れる。

計画通り。こういうのは煽《おだ》ててしまうに限るのだ。

男に見えぬようニヤリと口元を歪《ゆが》め、ワシはセルベリエと共に部屋へ入る。

「僕は聖騎士、オックスという者だ」

「そうか。では、まず黒い魔物に遭遇した時のことをお聞かせ願えるか？」

「あれは……そう、僕がこの町に来てしばらく経った頃だったかな。いきなり町の外にダークゼルがあらわれたんだよ」

——オックス曰《いわ》く、彼は家畜を襲っていたダークゼルを白く輝く剣、その美しき剣技で切り刻み、見事成敗したということらしい。

「そんな感じで、家畜を襲っていたダークゼルは僕が追い払ったんだ。……そして僕は英雄として称《たた》えられ、この町に留まっているというわけさ。好きなだけこの町にいてくれ……なんて言われては、僕としても断れないからねぇ」

「……なるほどな」

まだ周りにダークゼルが沢山いたし、用心棒代わりに町ぐるみでこいつを世話しているということか。オックスとしてもこうして養ってもらえるので、町に居座っているというわけだ。

「ここ最近、ダークゼルは襲ってこないのか？」

「ん？　そういえば、あらわれない……かな……」

む、どうも歯切れが悪い。何かを隠している……？　少し突っ込んで聞いてみるか。

「家畜が襲われたということは、現在この町の守護結界の外周が破損している可能性がある。町の周りにはかなりの数のダークゼルがいたし、あれから襲ってこないというのは少々考えにくいのだがな」

「き、きっとこの僕に恐れをなしているんだろ？　……さぁ話は終わりだ。帰ってくれたまえ」

「ちょっ……まだ聞きたいことが……」

「これ以上しつこくすると、人を呼ばせてもらうよ！　僕は忙しいんだ！」

「……ちっ」

仕方ない。ワシらは忍び込んだ身だし、人を呼ばれると面倒だ。ここは一旦引いておくか。

少々不審に思いつつも、ワシらはまたブラックコートを纏《まと》いホテルを出るのであった。


「あ、おかえりゼフっ！　聖騎士さんには会えた？」

「うむ、オックスという名前らしい」

「ところでさっき、エリスさんに会いましたよ」

「聖騎士という情報を得てここに辿《たど》りついたそうです。でも私たちがいたから、やっぱり別口から探る、と言っていました」

「……やれやれ、あいつも相変わらず面倒な性格しているな」

前々から思っていたが、エリスの行動は非効率だ。プライドが高すぎるのも考えものだな。

「ね、ゼフっち。ここが大丈夫ならさ、ベルタの街に帰ってもいいかな？　街もだけど、お父さんがちょっと心配だし」

「確かにそうだな」

あの親父さんなら殺しても死にそうにはないが、レディアとしては不安だろう。

「……私が送ろう。レディアの父とやらには一度会ってみたかったしな」

「ありがとーっセっちん！　いやぁ～持つべきものは友人だねぇ～」

「……くっつくなレディア」

嬉しそうに抱きしめるレディアに、セルベリエは困惑気味の表情を浮かべる。

「では二人共、気をつけてな」

「多分数日で戻ると思うけど、寂しかったらいつでも念話してね♪　飛んで帰ってくるから」

「久しぶりの実家だろう？　ゆっくりしてくるといいさ」

ワシらは二人を見送ると、家へと向かうのであった。


「ただいま、母さん」

「おかえりなさい、ゼフにミリィちゃんに……えーとやっぱり朝のは夢じゃなかったのねぇ……」

母さんは頭を抱えている。

「それよりゼフぅ？　ちょっと話があるんだけどいいかしら？」

「う、うむ……」

嫌とは言わせない、その迫力。張り付いたような笑顔が怖い。

母さんはワシの襟首《えりくび》を掴《つか》み、そのまま台所の奥へと引きずっていった。

途中、あっけにとられるミリィとシルシュに向けて、母さんは上品に微笑んだ。

「ちょ～っと待っててね、ミリィちゃんと……」

「シルシュです、お母さま」

「シルシュちゃんね、うんうんごめんね。ウチのバカ息子とちょっと話があるから♪」

母さんは台所でワシを壁に押し付け、両手で逃げ場を塞いで物凄い形相で睨みつけてくる。

「……で、あんた、これはどういうことなの？　確かもう二人いたわよね」

「落ち着いてくれ、母さん。ミリィもシルシュも、今朝会った他の二人も同じギルドの仲間だよ」

「へぇ～……ギルドの仲間、ねぇ～……」

ジト目でワシを見る母さん。どうやら全く信用していないようだ。

事実なのだが……うーむ、どう説明したものか。

「ま、いいわ。そういうことにしておいてあげる。皆ウチに泊まっていくんでしょ？　仲間なんだし？」

「……あ、あぁ、そうさせてもらおうかな……」

とてもではないが、宿に泊まらせるなどと言える空気ではない。

母さんはミリィたちの方へ小走りに駆けていき、二人を家に招き入れた。

「お待たせ〜♪　二人とも、今日はウチに泊まっていきなさい」

「えっと……その……」

「はーいっ、お母さまっ♪」

遠慮がちなシルシュと反対に、ミリィは元気よく返事をする。ミリィは昔、何度か泊まりに来たことがあったからな……大して抵抗もないのだろう。

食事中、母さんはすごく楽しそうに二人から根掘り葉掘り、今までの旅の話を聞き出していた。

そして時折、ワシをすごい目で睨んでくる。

やれやれ、また後で何を言われるか、わかったものではないな……

そして一晩をワシの家で過ごしたのだった。

◆　◆　◆

「それでは行ってきます、お母さま！」

「気をつけてねー」

大きく手を振る母さんに見送られ、ワシらは家を出る。

ちなみにミリィとシルシュは母さんの部屋で一緒に寝た。夜遅くまで灯りがついていたが、何を話していたのやら。恐ろしくて、とてもではないが聞けないな。

「いい人でしょ？　ゼフのお母さん」

「ええ、私もいつか母となる時が来れば、あぁいう方を目標にしたいと思える人でした」

シルシュは両手を胸の前で組み、目をキラキラさせながら空を見上げている。

そんな大層な人ではないのだが。

ため息を吐くワシに、ミリィが話しかけてくる。

「ところでゼフ、これからどうすんの？」

「ナナミの町の周りに、ダークゼルが沢山発生していただろう？　レディアたちが帰ってくるまでは、あれを倒して回ろうと思っている。あんなものが町の周りにいると危険だし、ワシらの修業も兼ねてだ」

ここ最近、大量の経験値を持つ黒い魔物を倒し続け、ワシのレベルは86まで上がっていた。

黒い魔物は今のワシでも数匹倒せばレベルが上がるため、圧倒的な経験値効率を誇る。

フレイムオブフレイムの称号を手に入れるために、レベルは上げておくに越したことはない。

「ニオイでダークゼルを見つけることはできるか？　シルシュ」

「お任せくださいっ！」

ぽんと胸を叩くシルシュを先頭に、ワシとミリィはその後ろをついていく。

しばらく歩くと、シルシュが立ち止まって岩の方を指さした。

「あそこです」

「ブルーゲイルっ！」

ミリィの放った水竜巻が岩を中心に発動する。

小石と共に上空へと巻き上がったのは、ダークゼルだ。

「シルシュ、行けるか!?」

「は、はいっ！」

地面に落ちてバウンドしたダークゼルへと向き直るシルシュ。

大きく息を吐き、敵を見据えるシルシュの髪が、瞳が、少しずつ赤く染まっていく。

「ゼフさ……ん……お願い……します……っ！」

——狂獣化。原種の力により徐々に赤くなっていくシルシュの爪と歯が、鋭く長く伸びていく。

獣のようになったシルシュの手を取って、タイムスクエアを念じる。

時間停止中に念じるのは、ホワイトウエポンを四回。

——四重合成魔導、ホワイトウエポンスクエア。

両手が眩く光り始めたシルシュは四足獣のごとく身体を低く丸め、ダークゼルに飛び掛かった。

「ツガァァァァア!!」

シルシュが咆哮《ほうこう》を上げ腕を一振りするたび、ダークゼルの身体が弾け幾重《いくえ》にも赤い線が走る。

攻撃力の高い狂獣化したシルシュを前衛に、ワシとミリィがサポートに入った。

「ガァウッ！」

シルシュが頭上高くダークゼルを蹴り上げた。

ぐんぐんと上昇していくダークゼルを追い、シルシュもまた飛び上がる。

「アァア!!」

そして両手で叩きつけるように振り下ろされた爪撃。ダークゼルの身体を撃ち落とした後、その軌跡が螺旋《らせん》を描いて虚空を切り裂く。

凄まじい速度で地面に叩きつけられたダークゼルが土煙を上げて大きく跳ねるのを見計らって、ワシとミリィがホワイトスフィアを同時に念じる。

――二重合成魔導、ホワイトスフィアダブル。

閃光《せんこう》に包まれ、ダークゼルは消滅していく。

それと共に、シルシュの赤い髪が元の色に戻っていった。

「お疲れ様だったな、シルシュ」

「はぁ……はぁ……はい……」

大きく息を吐くシルシュは汗だくで、顔も真っ赤になっている。

大分コントロールできるようになったとはいえ、狂獣化はやはりまだ負担が大きいようだ。

しかし慣らしていけば徐々に負担は軽くなり、暴走することなく原種の力を扱える。余裕のある戦闘では、できるだけシルシュを狂獣化させたほうがいいとサルトビが言っていたのだ。

ダークゼルを倒しては次、倒しては次と戦闘を続け、消し飛ばしたダークゼルは七体になった。

狂獣化したシルシュの攻撃力で戦闘自体は早く終わるが、疲れるので休憩を挟みつつ戦っていた。

シルシュ＝オンスロート
レベル 62
魔導レベル
緋：　3／21
蒼：18／42
翠：17／51
空：　2／12
魄：16／39
魔力値
1216／1216

元々レベルの低かったシルシュは、今日で一気にレベルが上がった。

日も暮れてきたし、今日はここまでとしておくか。

ナナミの町へと戻るべくテレポートを念じようとすると、ミリィがワシの袖《そで》を引っぱった。

「ね、ゼフあれって……」

ミリィの指さす方を見ると、そこにいたのはコボルトエリートと戦闘中のエリスであった。

どうやら苦戦を強《し》いられているようで、エリスは少し息を切らしながら傷だらけのコボルトエリートと対峙している。

「た、大変です！　助けましょう」

シルシュがエリスの方へ駆けだそうとするのを、ワシは止める。

「どうしたんですか!?　ゼフさん、早く助けないと……」

「大丈夫だ、エリスならあの程度の敵に負けはせんよ。それより下手に助けるとアイツのプライドを傷つけてしまうからな」

面倒なことになるのはごめんだ。ま、手を出すのは本気でヤバいと思ってからだな。

ハラハラしながらエリスの戦闘を見守るミリィとシルシュ。ワシは二人が飛び出さぬよう注意を払っていたのであった。

ほどなくして戦闘は終わり、エリスの勝利となった。

胸を撫《な》で下ろす二人を連れ、ワシはエリスに見つからぬうちにテレポートを念じる。

――が、飛び去る瞬間にエリスと目が合い、鋭く睨みつけられた。

余計な心配をするな、そう言わんばかりの目。

……しまったな。気づかれていたか。

やれやれ、また因縁を付けられなければいいのだが。

ため息を吐きながら、ワシはその場を飛び去ったのであった。

◆　◆　◆

――立ち去ったゼフたちを遠くから見つめる男が一人。

薄汚れた魔導師のローブを纏《まと》い、手には一本の杖を携えている。疲れた顔の男の頬は少し痩《こ》け、髪には白いものが交じっていた。

「あの三人……何という強さだ。あの黒いゼルをいとも簡単に倒してしまうとは……ったく、あの白い剣士といい、どうなってやがる」

苦虫を噛《か》み潰《つぶ》したような顔をした男は、岩にもたれかかり、顎《あご》に手を当て少し考え込む。

あの三人は、黒いゼルを「ダークゼル」とか呼んでいた。これまでもあのゼルに遭遇したことがあり、何体か倒しているのだろう。

「このままじゃ折角《せっかく》集めたダークゼルが全滅してしまう……くそ、作戦を練り直す必要があるか」

男は地面に唾を吐き捨てると、テレポートを念じ夕闇に溶け込んでいったのだった。


——ナナミの町から少し離れた廃村。村人の捨てた村は、現在では盗賊団の住処《すみか》と化していた。

宴を催す部下たちを退屈そうに眺める大男。彼はこの盗賊団の頭領ゼファルドである。

ぐい、と手に持った酒瓶を呷《あお》り大きく息を吐いた。

「頭領」

喧噪の中、盗賊たちの耳に届く声。少し掠《かす》れた声にもかかわらず、騒がしい宴の音にかき消されることはない。

——ワイドボイス。少々離れた場所からでも声を届けることができる空《くう》系統の魔導だ。

その声に子分たちは一瞬にして静まり返り、入口の方へ向き直る。

そこに立っていたのは薄汚れたローブを着た魔導師——名はイルガ。

盗賊たちが彼に一目置いているのは、男が『崩れ』とはいえ魔導師だからに他ならない。

頭領ゼファルドは彼を認めると、持っていた酒を飲み干し、来いと目で促す。

「どうしたイルガ、何かあったのか？」

「えぇ、例の件で困ったことが起きましてね……ここでは何ですので、外へ出てもらえますか？」

「……わかった」

静かに深く頷いて、ゼファルドはイルガに応じ席を立つ。

二人の男は外へと移動し、村長の家から聞こえる盗賊たちの騒ぎ声と距離を取った。

イルガは周りに人がいないのを確認し、ゼファルドへと語りかける。

「例の――黒いゼルを集めてナナミの町を襲わせる計画ですが、厄介なことになりましてね……」

「何かあったのか？」

「集めたゼルを倒して回ってる奴らがいるんですよ……しかもかなり強い。このままだと折角《せっかく》苦労して集めたあの黒いゼル――ダークゼルの群れが全滅させられてしまう」

黒い魔物、ダークゼルをターゲットの町の近くに大量に集め、他の魔物をエサに上手く誘導して襲わせるという計画を立てたのはイルガだ。

今、盗賊団の根城となっているこの村も、同じ方法で手に入れたのである。

そして新たな獲物を狙うべく、ダークゼルの群れをナナミの町に誘導していたところに白い剣士が現れた。さらに続いて若い魔導師たちも。

「ふむ……それは参ったな。あの黒いゼルを集めるのにはかなり手間がかかった。ここまでやらせておいて計画中止……というのは、子分たちも納得しないだろう」

「えぇ。ですが、今すぐ動けば間に合います。ナナミの町に配置したダークゼルはまだ百匹以上はいるはず。その全てを一気にぶつければ……」

そこで言葉を止める。何かの気配に気づいたのだ。

「何者だっ！」

言葉と同時にイルガは気配の方、近くの民家の壁に魔導を放つ。

爆炎が壁を砕く音と共に聞こえたのは、少女の声。

「きゃあっ⁉」

もうもうと立ち昇る土煙の中からあらわれたのは、赤い帽子に白いコートを纏《まと》った銀髪の少女、エリス。

彼女は怪しげな男――イルガを見かけて、後をつけて来たのだ。

――自分にもお父さまのために、何かできることはある。

そう思い派遣魔導師になったエリスであったが、ゼフたちと出会い、自信を粉々に砕かれた。

だがしかし、それでも手ぶらで帰るわけにはいかない。

焦《あせ》っていたエリスはつい不用意な追跡をし、イルガ達に見つかってしまったのだ。

イルガとゼファルドの冷たい視線を受け、彼女は固まる。

（……私はフレイムオブフレイムたる父を持つ、エリス＝キャベル。こんな輩《やから》に後《おく》れを取るはずがありませんわっ！）

エリスは自身にそう言い聞かせて奮い立ち、怯《おび》えを隠して二人を睨みつける。

そして魔導を放とうとしたその瞬間、ゼファルドの巨体がゆらりと動いた。

構わずエリスが魔導を解き放つ。

(……っレッド——)

——クラッシュ、そう念じようとしたエリスの腹にゼファルドの拳が突き刺さった。

苦悶《くもん》の表情で息を吐くエリスは、身体をくの字に折り曲げ空高く、浮く。

「か……はぁっ⁉」

数秒の滞空の後、地面に叩きつけられたエリスは立ち上がることもできず、胃液を吐き散らした。

何とか起き上がろうと全身に力を込めるが、ぴくりとも動かない。

がくがくと身体が震えるのは、痛みのせいだけではないだろう。

エリスは気づいていた。

——恐怖。自分が戦闘において最も避けるべき感情に支配されてしまったことに。

手が、足が震えて、思い通りに動かない。

軽くパニック状態に陥ったエリスには、すでに戦闘を続けるだけの気力はなかった。

ゼファルドとイルガの冷たい目にエリスは、小さく悲鳴を漏らす。

「ひ……っ⁉」

力の差を見せつけられ、初めて自分と同じ人間から殺意を向けられ、エリスの心は完全に折れてしまった。恐怖に震え、声を出すこともできない。

エリスのスカートは、いつの間にかぐっしょりと濡れていた。

「何だ何だ？」

「一体どうしたんですかい？　お頭」

爆発音を聞きつけ、家の中から盗賊たちがぞろぞろと出てくる。

あっという間に取り囲まれたエリスは涙目で周囲を見回すが、絶望で目の前が真っ暗になっていくようだった。

「チッ……派遣魔導師か」

「今の話、聞かれちまったみてぇだな……」

イルガとゼファルドの声に、エリスはフルフルと頭を振った。

怯《おび》えきった様子のエリスを見下ろす子分たちは一気に警戒心を解き、下卑《げび》た笑みを浮かべ始める。

荒くれ者の集団で生きてきた彼らは、『強さのニオイ』に対しては非常に鼻が利《き》く。その鼻で、エリスの弱さを容易に見破ったのだ。

「……へへ、知られたからには生かしておけねぇな」

「おい待てよ、どうせ殺すならその前に俺たちで楽しまねぇか？　まだガキだが悪くねぇ顔立ちだし、少しは楽しめそうだ」

「とりあえず脱がしちまおうぜ」

「い……いや……っ」

男の一人がエリスを羽交い締めにして、白いコートをあっさりと脱がしてしまった。

派遣魔導師はコートがなければ高位の魔導を使えない。

もっとも、今のエリスの精神状態では初等の魔導すら念唱できないのだが。

「おお、こいつの髪さらさらだぜ。肌もきれいだし、いいもん食ってやがるんだろうなぁ」

「〜〜っ！」

滑《なめ》らかな銀髪を、柔らかな頬を撫《な》で回され、エリスは瞑《つむ》った目からぼろぼろと涙をこぼす。

それを見た男たちが、歓声を上げ口笛を吹き鳴らした。

（――やれやれ、悪趣味なことだ）

イルガはその様子を遠巻きに眺めていた。

生活のために仕方なく盗賊に協力していたが、こんな子供にまで手を出すような輩《やから》が自分の仲間だとは。

魔導の真髄《しんずい》を極めるには礼節と品位を保ち、世界の全てに感謝して生きるべし――そう教わった師に合わせる顔がない。

（師匠、か……ん？　そういえば、あの少女どこかで見た覚えが……）

ふとそう思ったところで、盗賊たちに両脇を抱えて連れ去られていく少女と目が合う。

助けを求めるごとくイルガを見る少女の顔は、まさしく彼の師――バートラム＝キャベルの娘であった。

（何故ここにエリスお嬢さんが……い、いやそんなことよりもっ！）

思わず駆け寄り、盗賊たちから奪うようにエリスを引ったくる。

そんなイルガに盗賊たちは奇異の目を向けた。

いつもはそういうことには参加せず、つまらなそうに一人で我関せずと眺めているイルガだが、どういった心境の変化なのだろうか。そう考えたのである。

「なんだよイルガ、珍しく必死になっちまって……」

「ははぁ……もしかしてお前、ロリコンってやつか？」

——断じて違う。そう答えようとしたが、それを言ったら「ならば何故」と改めて追及されてしまうだろう。

思い直したイルガはニヤニヤ笑う仲間に合わせ、応じた。

「あ、あぁ……好きなんだ、そういうの」

「ヒューッ♪」

男たちは何が面白いのか、囃《はや》し立てて口笛を吹いている。

イルガは照れくさそうに答える自分の表情を想像し、吐き気を催すのを我慢した。

「そっかそっかぁ〜。じゃあ、たまにはイルガにもいい思いさせてやらねぇとなぁ」

「おい、遊びすぎて壊すんじゃねぇぞ〜」

「飽きたら俺らにも回してくれよな」

下卑《げび》た野次《やじ》を浴びながら、イルガは盗賊たちから奪ったエリスを見る。

エリスの顔は涙で濡れ、恐怖に歪《ゆが》んでいた。

幸い、どうやら自分のことは覚えていないようである。

（とりあえず一旦預かっておき……頃合いを見て逃がしてやるとするか）

それが魔導を、師を裏切った自分にできる唯一の償《つぐな》いであろう。

「イルガ」

エリスを抱え、自分のねぐらへ戻ろうとしたイルガの後ろから、ゼファルドの声がかかった。

企みに気づかれたかと恐る恐る振り向くイルガに、ゼファルドは語りかける。

「先程の話の続きだが……」

「あぁ。ええ、そうでしたね」

ダークゼルを使って町から人を追い出し、火事場泥棒をする計画。

エリスのせいで話が中断されたのを思い出す。

「俺のねぐらにこいつを閉じ込めてきます。それからゆっくりと話しましょうか」

「うむ」

そして、彼らはダークゼルによる「ナナミの町強襲作戦」を決行すべく、その日は明け方まで準備を行ったのであった。

5

――ワシらがダークゼル狩りを始めて三日目。

ナナミの町周辺にいたダークゼルは、みるみる数を減らしていった。

初日は大して探さなくてもすぐに見つかっていたダークゼルだったが、今は一匹探すのにもそれなりに時間がかかる。どうやら、この辺りに溜まっていただけのようだ。

「やぁゼフ、今日も精が出るねぇ」

町の近くにいたダークゼルを倒し、次の獲物をシルシュが索敵している最中に、後ろから声をかけられた。

振り返ると、立っていたのはオックスである。

「……なんだ、オックスか」

「おいおい。折角《せっかく》会った友人に対して、つれない返事だねぇ」

おい待て、いつの間にワシらは友人になったのだ。

オックスは呆れるワシを無視して、ミリィたちの方へと向き直った。

「こんにちは、レディー？」

ぱちん、とウインクをするオックスに、ミリィとシルシュは少し訝《いぶか》しげな表情でお辞儀をする。

「……こんにちは、ミリィです」

「私はシルシュと申します」

「ご丁寧にありがとう。僕は聖騎士、オックスだ」

「あぁ……」

「あの聖騎士様ですか……」

ご機嫌に笑うオックスを見て、二人は何かを察したらしい。

オックスは二人から少し離れ、ワシに近づき耳を貸せとばかりに手招きした。

「おいおいゼフ、先日の女性もだが、何ともこう……美しい女性に囲まれてるじゃないか、えぇ？ 一人くらい僕に紹介してくれよ」

「断る」

「そ、即答なのかい……」

「それじゃ、急いでいるのでな」

固まるオックスに背を向け、ワシは二人を連れてテレポートを念じ飛び去るのであった。

「……よかったの？　ゼフ。あの人を無視しちゃって……」

「気にするな。それよりシルシュ、ダークゼルはどこにいるか見つけたか？」

「えぇと……あの岩山の向こうから微《かす》かにニオイが漂ってきます」

「ふむ、随分と遠いな」

先刻のダークゼルは町の近くにいたが、今度のはかなり遠い。

テレポートを念じ、岩山の奥にいくとダークゼルがいた。

「やるぞ。ミリィ、シルシュ」

「うんっ！」

「はいっ！」

◆　◆　◆

――テレポートで飛んで行くゼフたちを見て、イルガがニヤリと笑う。

このダークゼルは、ナナミの町付近にいるゼフたちを誘《おび》き寄せるためのエサだ。

嗅覚の鋭い獣人と高い戦闘力を有するゼフたちは、彼ら盗賊団最大の障害であった。

夜のうちにニオイ消しの効果を持つカルナ草の群生地へとダークゼルの群れを誘導し、ゼフたちを町から離れた場所に誘い出すべく何匹かのダークゼルを使う。

(時間がない故《ゆえ》の単純な策だが……上手くいったようだな)

ゼフたちが町から離れたところで、別働隊がカルナ草原に待機させているダークゼルを使って町を襲わせ、もぬけの殻となったナナミの町の金品を強奪しようという算段である。

(よし、そろそろいいか)

遥か彼方《かなた》へと飛んでいったゼフたちを確認し、イルガは仲間にそれを伝えるべく念話で呼びかける。

《こちらイルガ、聞こえるか？》

だが、返答はない。

おかしい――そう思ったイルガは、他の者にも念話で呼びかける。

《こちらイルガ、応答願う！　……おい、アレク！　シュタイン！　ゲールニヒ！　応答願う！》

何度も、誰に念話を送っても反応がない。

（くそ、どうなっている⁉　折角《せっかく》引き剥がしたのに連中が戻ってきたら面倒なことになる。一刻を争うというのに……っ⁉）

そんな彼の見据える先、草原の方に何か黒い物体が見えた。

驚愕《きょうがく》するイルガの目に飛び込んできたのは、未だ大きく膨張している……ダークゼル。

しかしサイズは彼の知るそれを、遥かに超えていた。

「な、なんだありゃあ……⁉」

あんぐりと口を開けるイルガの頭の中に声が響く。別働隊を率いている、頭領ゼファルドの声だ。

《おい、聞こえるかイルガ》

《は、はい……》

《……その声の様子なら、あれが見えてるようだな》

「あれ」とは、もちろんあの巨大なダークゼルであろう。

未だ事態を呑み込めぬイルガにゼファルドは続けた。

《よく聞け。先日から俺たちが集めていた黒いゼルの群れだが、ある程度集まったところでいきなり合体を始めやがった》

《が、合体……ですか……？　まさか仲間と連絡がつかないのは、あの巨大ダークゼルに食われて……》

《いや、安心しろ。皆、今必死で逃げている最中だぜ。巨大ダークゼルは動きがかなり遅い。逃げるのはそう難しくないいさ》

ゼファルドは皆を指揮するため、数人の部下と共に辺りを一望できる高台の上にいる。
そのゼファルドが大丈夫と言うなら、まぁその通りなのだろう。
胸を撫《な》で下ろすイルガにゼファルドは続ける。
《想定外だったが、これは好都合だ。巨大ダークゼルは計画通りナナミの町へ向かっていやがる。町の人間が逃げたところを狙うぞ》
ぞくり、とイルガの胸がざわめく。
すさまじいほどの嫌な予感。
彼の予感は、今までに何度も的中してきた。今回も似たような悪寒を感じたイルガは、思わずゼファルドに進言する。
《……あの巨大ダークゼル、得体が知れません。何をしてくるかわからないし、この流れで町を襲うのは危険かも……》
《バカヤロォ！　ここで逃げたら、あれだけ働かせた子分たちが黙ってねぇぞ！　危険でもやるしかねえんだよ！》
《――っ》
確かに、その通りだ。ダークゼルを誘《おび》き寄せるという危険な役を部下たちにやらせておいて、尻尾を巻いて逃げ出し報酬もなし、では収まりがつかないだろう。
もしそうなれば、部下たちはゼファルドの頭領としての資質に疑問を抱く。
ここまで来たら、もう引けない。それはイルガにもよくわかっている。

《……わかりました。念のため、俺も町の方へ向かいます》
《助かる》
そう短く返して、ゼファルドからの連絡は途絶えた。
恐らく、彼も同じようにナナミの町へ向かうのだろう。
ゼファルドには世話になったし、この盗賊団が潰《つぶ》れればまた次の行き先を探さなければならない。
（せめて世話になった分くらいは、返さないとな）
フードを目深《まぶか》に被《かぶ》り、イルガは巨大ダークゼルの迫るナナミの町へテレポートをしたのだった。

◆
◆
◆

「よーしよし、どうどう」

「グ……ウゥ……！」

ゆっくりと、シルシュの髪から赤色が抜けていく。

ここ数日、シルシュには何度も狂獣化させている。

大分制御が利《き》くようになったのか、狂獣化するのもその状態から戻るのもかなり早くなってきた。

戦闘の際も、ワシらに気を遣う余裕があるようだ。

「ふぅ、はぁー……」

大きく息を吐き、薄桃色になった髪をさらりと撫《な》でるシルシュ。その頬は赤く染まり、額《ひたい》からは一筋の汗が垂れた。

「お疲れさま、シルシュ」

「ミリィさん、ありがとうございます」

ミリィから差し出されたタオルで顔や首元の汗を拭《ぬぐ》うシルシュを見ていたのだが、ミリィが何かに気づいてぴくりと東の方へと視線を向ける。

「ミリィさん？」

「何か来る……」

ワシもシルシュも、それに釣られて視線を向ける。

遠くに見えるナナミの町のさらに向こう。そこには薄《うっす》らとだが、確かに何か黒い大きなものが見えた。

距離が離れすぎているためぼんやりとしか感じ取れないが、凄まじい魔力量である。

この感じは以前、空中で黒い魔物に襲われた時と同じだ。

「……すぐ、ナナミの町に帰るぞ」

「ウルクっ！」

ミリィがサモンサーバントを念じ、使い魔のウルクを呼び出す。

光の中から生まれ出てきたのは、翼の生えた一角馬ウルク。

その背中に飛び乗ったミリィは、手綱を握ってぴしりと鳴らした。

「私、先に行って様子を見てくるっ！」

「あぁ、もしパニックになっていたら、避難誘導を頼む！」

「気をつけてください、ミリィさんっ！」

「まっかせといてっ！」

「ヒヒィイーーン!!」

甲高い鳴き声を上げ、ウルクが大きな翼を羽ばたかせ空へと舞い上がっていく。

それを見送りながら、ワシはシルシュの手を取りテレポートを念じるのだった。


「……それにしても、中々規格外な大きさではないか」

ナナミの町に近づくにつれ、巨大なゼリー体が見えるようになってきた。

ダークゼル……のようだが、その大きさは防壁よりもデカい。

人々は、我先にと町の外へ逃げ出そうと門に殺到していた。

ミリィが誘導したのだろう。空中で避難を呼びかけているのがここからでも見える。

「うぅ、すごく嫌なニオイがします……」

「とりあえず、中に入るぞ」

町の中はもぬけの殻で、石畳の道を黒いヘドロのようなものが濡らしていた。そのせいで、粘ついていて走りにくい。

臭気もひどく、腐った卵のようなニオイが鼻を突く。

「う……どんどん気分が悪くなってきました……」

シルシュの顔は青く、調子悪そうに口元を押さえている。獣人で嗅覚の優れているシルシュに、この悪臭は辛いのだろう。

「シルシュは逃げ遅れた人がいないか、町を見回ってくれ！」

「そ、そんな……まさかゼフさん一人であの巨大な魔物と……？」

「心配するな、一応ミリィもいるしな」

「……ご武運を」

ワシはシルシュと別れ、遠くに見える黒い物体へ向けて走る。

黒い塊を見据えて、スカウトスコープを念じた。

ダークゼル
レベル146
魔力値
21423148／21423148

おぉう、これはとんでもないな。魔力値２０００万を超えているぞ。

というか、やはりダークゼルなのだな、こいつは。

巨大ではあるが、確かにその様相はダークゼルそのものだ。
以前他の魔物を食べてレベルが上がっていたことを考えると、似たような手段でここまでレベルアップしたのだろう。
しかし、いきなりこんなに巨大となってあらわれるとは……面倒なことになったな。
《ミリィ、聞こえるか。ミリィ》
《はいはーい、聞こえてるわよ》
《あのデカブツは今、町のどの辺りにいるかわかるか？》
《うーん……一部はもう町に侵入してるけど、本体はまだ北側の外壁辺りかな》
なるほど、防壁付近は守護結界の影響が特に強い。足止めを食らっているのだろう。
《よし、今のうちに合流するぞ。二人で食い止める》
《りょーかいっ♪》
走りながら見上げると、ミリィがワシの言う通り空中で方向転換してこちらに向かってゆっくりと降りてくる。
「おまたせっ！　さ、早く乗って」
「うむ」
ワシが後ろに跨《また》がったのを確認し、ミリィは手綱を軽く打ち付け、ウルクを空へ駆け上がらせた。
一気に町の防壁へ辿《たど》りつくと、地上に黒い泥沼のようなものが広がっていた。
おいおい、あれ全部ダークゼルかよ。

「うわぁ、ドロドロが一杯……どうするのよゼフ」

「ふむ……あのデカさだ。長期戦になるだろうし、ウルクは封印して地上で戦おう」

ウルクに乗ったままでは、魔力の消耗が激しすぎる。ミリィと二人で戦ったほうが効率的だろう。

「うん、わかったっ！」

「ヒヒィイーーン！」

ミリィが元気よく返事をしてウルクに手綱を打つと、ウルクは一鳴きして防壁の向こうへ駆けていく。そして着地し、ワシとミリィはウルクから降りた。

「ご苦労さま、ウルク」

「ブルルゥ……」

ミリィが首を撫《な》でると、ウルクは光と共に消滅した。

「さて……」

町の壁の方へ向き直ったその時、巨大ダークゼルの一部がこちらへ鎌首をもたげてきた。

泥のごとき身体から目玉のようなものがぐるりと動く。そして大きく口を開け、黒い霧《きり》を吐いた。

「うわ、何あれ。気持ち悪……」

「あいつが吐いているのは恐らく毒だ。ミリィ、これを口に含んでおけ」

そう言ってワシは袋から取り出した白い草をミリィの口に突っ込む。

「むぐぅっ!?」

これは解毒の効果を持つレミラ草という薬草だ。少し苦いが、呑み込まず口に含んでいれば毒霧の中でも活動することができるのだ。

口に突っ込まれたミリィは、唇を白く濡らしながら眉をひそめている。

「苦い……」

「呑み込まずに我慢しろよ、ミリィ」

ワシもレミラ草を口に咥《くわ》えると、サモンサーバントを念じる。

両手に眩《まばゆ》い光が生まれ、巨大な剣の重みがずしりと手にかかった。

――大神剣アインベル。剣が光り、ワシの頭の中に間延びしたアインの声が響く。

《おわっ、これはでっかいねぇ～》

「しっかり働いてもらうぞ、アイン」

ちらりと空を見上げると、丁度良く曇天である。ふむ、ならばあれで行くとするか。

ワシは大神剣アインベルを天へ向けて構えた。

「あまねく精霊よ、嵐のごとく叫び、雷のごとく鳴け。天に仇《あだ》なす我が眼前の敵を消し去らん……

ブラックサンダー」

ワシの言葉と共に空が光り、降り落ちてきた雷鳴が大神剣アインベルへと吸い込まれていく。

バリバリと帯電する大神剣アインベルを下段に構え、ワシはミリィの方を向いた。

「ミリィ、ワシにタイミングを合わせてブルーゲイルを放て」

「わかったっ！」

そしてさらに、ワシは新たに魔導を放つべく念唱を開始する。

念じるのは魄《はく》系統大魔導、ホワイトプラズム。

ミリィに目で合図し剣を振りかぶり、斬撃に合わせて全ての魔導を解き放つ。

ブルーゲイル、ブラックサンダー、ホワイトプラズム、大魔導三つの三重合成魔導。

「喰らえ……っ！」

振るう剣閃《けんせん》に蒼《そう》、空《くう》、魄《はく》の大魔導が混ざり、弾ける。

眩《まばゆ》い魔力の光と共に雷撃が、氷嵐が、閃光《せんこう》が辺りに吹き荒れ、黒い泥を呑み込んでいく。

曇天の下でいつまでも吹き荒れる嵐。まるで世界の終わりを見ているかのようだ。

「ひゃあっ!?」

ミリィが声を上げて跳《と》び退《の》くと、そこへ電撃を纏《まと》った雹《ひょう》が落ちてくる。攻撃の余波がこちらまで降り注いでいるのだ。

「ちょ……ゼフっ、これ私たちまで危ないんだけどっ!?」

ワシも義手で頭を守りつつ、ミリィと共に嵐の中心から少し離れた。

「そのようだな」

降り注ぐ電撃、巨大な氷岩を何とか避けながら、ミリィが必死に叫び声を上げている。

異常なまでに持続時間と効果範囲の広い、大魔導の三重合成。

「まるで空が吠えるがごとく降り注ぐ破壊の嵐……ハウリングストームとでも名づけておくか」

「そんな場合じゃないでしょ！　もーっ！」

ひょいひょいと巻き起こる嵐の飛弾を避けながら、ワシはスカウトスコープを念じる。

ダークゼル
レベル 146
魔力値
21178337 ／ 21423148

21282642 ／ 21423148

21315285 ／ 21423148

数秒ごとにダークゼルは魔力値を減らしていく。

しかもまだ、嵐は収まっていない。攻撃の当たる面積が大きい巨大ダークゼルは、何度もダメージを受けているようだ。こちらにも危険はあるが、十分な威力だな。

「もう一発行くぞ、ミリィ」

「えぇっ!?　ちょ、これ以上酷くするつもりなのぉ!?」

文句を言いながら、それでもミリィはワシの隣に立つ。

しょうがないな、と膨れ面《つら》で頷くミリィと共に、ワシは大神剣アインベルへブラックサンダーを込めた。

そしてミリィとタイミングを合わせ、もう一度ハウリングストームを放つ。

まだ鳴り止まぬ雷光の嵐の中、追撃の嵐がさらに吹き荒れる。

重なり合って発する光、鳴り響く轟音《ごうおん》、降り注ぐ岩のごとき雹《ひょう》がダークゼルの巨体を凄まじい勢いで崩壊させていく。

「いったぁーっ⁉」

ミリィの頭に拳大の雹《ひょう》が直撃し、バコンといい音がして半分に割れた。

頭を抱えて蹲《うずくま》ったミリィは涙目で痛がっていたが、何とかよろよろと立ち上がる。

うーむ。ミリィの奴、結構石頭だな。

「大丈夫か？」

「うぅ……痛いよぉ……」

被弾面積を抑えるよう、義手を傘代わりにしてミリィを抱き寄せる。小さな雹《ひょう》なら義手でガードできるからな。

「ほら、今ので呑んでしまっただろう。レミラ草をもう一枚噛んでおけ」

「……ありがと、ゼフ」

ワシの渡したレミラ草を、もう一度口に含むミリィ。

とはいえこの嵐、いかにワシでも避け切ることは難しい。一旦離れたほうがいいな。

ワシはミリィを抱き上げて、ハウリングストームの範囲外へと下がるのであった。

「うわぉ、どんどんあいつの魔力値、削れてるよ」

「被弾面積が広いので、ダメージも大きいのだろう」

あれから何度かハウリングストームを放ち、ダークゼルの魔力値は現在１２００万まで削れていた。

ちなみにミリィはその間、三回ほど頭に雹《ひょう》の直撃を受けているが……まぁ案外大丈夫そうである。

それより、ダークゼルへ与えるダメージの量が先程に比べて減っているな。

「効いてる……のかな？」

「それは間違いあるまい」

あれほど膨れ上がっていた巨大ダークゼルの身体は、今や半分以下になっている。

だがあれはダメージを受けてそうなったというより、恐らくハウリングストームから防御するべく形態変化させただけにすぎないだろう。

だから先程よりハウリングストームの効きがいまいち悪いのだ。

その証拠に、ダークゼルは小さくなったものの、色は凝縮されたように漆黒に染まっている。

身体の密度を上げて縮小させた分、攻撃力、防御力を増大させているのだ。

町を囲う壁も半分ほど溶けて、ダークゼルは今にも町の中に入ってしまいそうである。

このままでは町が危ないか。

「ミリィ、接近戦で行くぞ。奴にとどめを刺す」

「うんっ！」

嵐が収まると共に、巨大ダークゼルへと走り出す。

《ゼ、ゼフさんっ！》

走り出そうとしたところで、シルシュから念話が届いた。あまりに切迫した声で思わず立ち止まる。
ミリィに「待て」とジェスチャーをし、シルシュからの念話に応える。
《どうした？　何かあったのか？》
《大変なんですっ！　町の中に黒い魔物が入ってきて……ひ、人を襲っていますっ！》
《なにぃ……っ!?》
先刻まで辺りにはハウリングストームによる嵐が吹き荒れ、町の様子がよく見えなかったが……いつの間にか他の奴が入り込んでいたのか……くそっ！
舌打ちをするワシに、シルシュが続ける。
《泥と霧は引きましたが、もう私だけではどうしようもなくて……お願いします、応援に来てくださいませんかっ！》
《……わかった、すぐ行く》
念話を切り、不安げな顔のミリィへと向き直る。
「ミリィ、悪いがあのダークゼルを引きつけておいてくれるか？　どうやら中がヤバいらしい」
「う、うん……気をつけてね、ゼフ」
「あぁ、ミリィこそ無理はするなよ？」
ぽんぽんとミリィの頭を撫《な》で、ワシは町に向けて駆ける。
巨大ダークゼルの動きは鈍いし、引きつけておくだけならミリィだけでもなんとかなるだろう。

――町の中は先刻まで充満していた黒い霧と泥が多少引いており、それなりに動きやすくなっていた。

巨大ダークゼルが身体を圧縮した結果、町の中に染み出ていた泥や霧が減ったのだろう。

《シルシュ、どこにいる！》

《は、繁華街の……奥に……っ！》

一瞬届いたシルシュの声は、すぐに聞こえなくなる。

念話はそれなりに集中力を要する。それができないほど、激しい戦闘なのだろう。

繁華街か。ともあれ、すぐに行かねば――

「――ッ!?」

――ぼり、ぐしゅ……ごき、ぼき……

骨を砕き、肉を啜《すす》るような、音。

方向転換し駆け出そうとしたワシの目に、黒い魔物が人間を喰らっている姿が飛び込んでくる。

すでに上半身を殆《ほとん》ど喰われた男に馬乗りになっているのは、小さな翼と角の生えた、人型の黒い魔物。

「ギイィ……」

ワシに気づいたのか、黒い魔物は食事を止めゆっくりとこちらを振り向いた。真っ赤な眼と耳まで裂けた口が大きく開く。

？？？？
レベル 100
魔力値
1214252／1215875

――やれやれ、また新種とはな。とりあえずダークインプとでも名づけておくか。

しかもこいつら、複数いるな。辺りにも強い魔力の気配をぽつぽつと感じる。

一匹相手に、魔力も時間もかけている余裕はない。ならば……あれを使うか。

タイムスクエアを念じ、時間停止中に念じるのはレッドボール、ブルーボール、ホワイトボール。

――三重合成魔導、バニシングボール。

「――ッ!?」

放たれた魔導の一撃で、ダークインプは消滅した。

否、正確には消滅ではなく吹き飛ばしたのだ。

虚空の彼方《かなた》で豆粒のように小さくなったダークインプが、きらりと光って消えるのが見えた。

相反する緋《ひ》と蒼《そう》、この二系統の合成魔導は強烈な爆発を引き起こす。

それに四系統全てと相反する魄《はく》の魔導を加えることで、さらに強烈な衝撃波を生み出すことができるのだ。

「ギャアア!?」

「ふっ……!」

もう一体、襲い掛かってきたダークインプをバニシングボールで遥か彼方《かなた》へと吹き飛ばす。

おうおう、よく飛ぶではないか。

小型の魔物にしか効果がない上に、ダメージも低いバニシングボール。使い道は限られているが、ピンポイントで役に立ったな。

「さて、シルシュが待っている。早く合流せねば……」

「待ちたまえ、ゼフ！」

駆けだそうとしたワシの前に現れたのは、オックスだ。

「……お前かよ」

「いいところで会ったじゃないか！　ここは二人で協力して戦ったほうが確実だと思わないか？」

「……ふむ」

そういえばコイツ、以前ダークゼルを倒したとか言っていたか。

確かに今は猫の手でも借りたい状況だ。協力して戦うのが効率的……か。

「わかった、一緒に行こう」

「おおっ！　それはよかった！」

満面の笑みでワシの背をバシバシと叩くとオックスに、スカウトスコープを念じる。

オックス＝グランベル
レベル25
魔導レベル
緋：0／0
蒼：0／0
翠：0／0
空：0／0
魄：0／0
魔力値
0／0

レベル25……魔力値ゼロはともかくとして、こいつ本当にダークゼルを倒せるほどの実力を持っているのだろうか？

ダークゼルはタフではあるが、そこまで戦闘力は高くない。時間さえあれば、このレベルでも追い払うくらいはできる……のか？

まぁ、レベルと戦闘力は正比例するわけではない。特にレディアやシルシュのような前衛は、その傾向が顕著ではあるのだが……何とも不安である。

訝《いぶか》しむような視線を向けるワシに、オックスは能天気な笑顔を向けるのであった。

……最悪、肉壁にでもなってもらえばいいか。

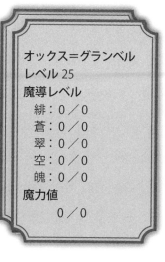

そんなことを考えながら、ワシはオックスと共に繁華街へと向かう。

「はっ……はっ……！」

「おい、息が切れているぞオックス」

「だ……大丈夫だ……っ！　安心したまえ……っ！」

ゼェゼェと息を吐きながら、やっとのことでワシについてくるオックス。

マジで大丈夫かこいつ。ついて来られなくなったら置いていこう。

「バニシング……ボールっ！」

「ギ――ッ!?」

強烈な衝撃と共に、ダークインプが空の彼方《かなた》へと消えていく。

数が多いな……ツぅっ!?

ズキン、と鋭い痛みがワシの右手を襲った。

バニシングボールは、強烈な衝撃で相手を吹き飛ばす魔導。その威力を十全に発揮するためには、至近距離で発動させる必要がある。よって衝撃の瞬間、手にかかる反動も並ではない。

度重なるバニシングボールにより、ワシの右手は先刻から痺《しび》れて感覚がなくなりつつあった。

義手で打てればいいのだが、まだあまり細かなコントロールはできない……このままでは右手が使い物にならなくなるな。

「はぁーっ……はぁーっ……や、やるじゃないか……ゼフ……っ！」

「いいから早く行くぞ」

シルシュのいる繁華街へと走るべく、前を向こうとしたその時。
ワシの視界の端で何かがぎらりと光る。
「……むっ⁉」
強力な魔力が練り上げられた、光。
咄嗟《とっさ》にホワイトウォールスクエアを念じる。
白い魔力障壁が生まれた直後、凄まじい暴風が吹き荒れた。
これはブラックゼロか！
ミシミシと、ホワイトウォールスクエアが頼りなく軋《きし》みを上げている。
四重合成の魔導障壁といえども、空《くう》系統最強の魔導が相手では分《ぶ》が悪い。
時折、ぱきん、と割れるような音と共に、壁の破片が地面に落ちては消える。
……くそ、長くはもたんな。
「オックス、伏せていろ」
「え？　何だっ――」
そこまで言いかけたところで、ホワイトウォールスクエアに大きな亀裂が入る。
もはや障壁を維持できないほどの、致命的な亀裂。
壁が弾ける瞬間、ワシは左の義手を構え強く念じる。
盾となれ！
念じると共に、義手がまるで盾のように大きく広がる。

魔導金属製のこの義手は、強く念じることで形状を変化させることができるのだ。

レディアたちから説明は受けていたが、実戦では初めて使ったな。

身を屈《かが》め、盾で自身を隠すように腹這《はらば》いになり衝撃に備えた。

石弾が盾となった義手に当たり、煩《うるさ》い金属音が耳元で鳴り響いている。

オックスはワシの足に掴《つか》まり、吹き飛ばされぬよう何とか耐えているみたいだ。

しばらくするとブラックゼロの暴風の勢いは、徐々に弱まっていった。

何とか耐えられたか……しかし、やはり無理があったようだな。

ホワイトウォールスクエアで初撃を軽減したとはいえ、ブラックゼロを受けた義手はヘコんでしまっていた。

立ち上がり、義手を元の形に戻すべく念じてみたが、盾形態のまま固まって、どうにも上手く戻らない。うーむ、あとでレディアに怒られてしまうかもしれないな。

義手の感覚を確かめていると、オックスが足元で悲鳴を上げた。

「ぜ、ゼフっ！　アレを見ろっ！」

オックスの指さす先を見ると、廃墟となった建物の中から黒い影が姿をあらわす。

遠目なので判断しにくいが、背丈はワシより少し高いだろうか。

頭に生えた二本の角、片手に持った三叉の槍。黒い身体にはコウモリと似た黒い翼と長い尻尾がある。先刻のダークインプを、大人にしたような姿だ。

「……さしずめ、ダークインプデーモンと言ったところか？」

「シュウウウ……！」

ダークデーモン
レベル166
魔力値
6666666／6666666

やれやれ、この忙しい時に大物があらわれてくれたものだな。

魔力値は600万とそれほどでもないが、先刻の魔導の威力からして恐らく魔導師タイプだろう。

あまり多くはないものの、魔物には魔導を得意とするタイプがいる。その手の奴は魔力値自体は低いが、非常に強力な魔導を操るのだ。

とはいえ、『ゼロ』を使う魔物は流石《さすが》に初めて見るがな。

「……ウクク！」

ニヤリと嗤《わら》ったダークデーモンは黒い翼を大きく広げ、ワシの方へと一気に突っ込んでくる。

そして振り上げた右手から放たれたのは、ブラックバレット。

圧縮された空気の弾丸が、雨のように降り注ぐ。

オックスはいつの間に逃げたのか、遠くの岩陰に隠れていた。

逃げ足の速い奴である。あそこならまぁ、巻き添えにはならないか。

繰り出される風の弾丸を盾のまま固まった義手で防ぎ、オックスから離れるように移動した。

「なっ……あいつはさっきブラックゼロを撃ったんじゃないのかーい!?」

——魔物の使う魔導は、自身の魔力ではなく基本的に大地のマナを利用して行使される。

異界からあらわれたと思われる黒い魔物も例外ではないらしく、全魔力を消費するブラックゼロを放った直後に他の魔導を撃ってきた。

つまり魔導に使用できる魔力はほぼ無限、ブラックゼロだろうが何だろうが、何度でも撃ってきやがるのだ。

「シャアアアア！」

降り注ぐ空気の弾丸と共に、ダークデーモンが三叉の槍を構え襲い掛かってくる。

魔導と槍の二重攻撃。義手で何とか防ぐが、そのたびにワシの義手が削れ、歪《ゆが》む。

「こっ……の、これ以上傷つけるとレディアに怒られてしまうではないかっ！」

奴の攻撃を躱《かわ》しながらバニシングボールを放つ。

「痛……ぅ!?」

ダークデーモンが吹き飛んだ直後、ワシの右手に激痛が走る。

どうやら本格的に痛めたようだ。ずきずきと鈍い痛みはあるものの、動かす時の感覚はない。

しかも……バニシングボールで吹き飛ばしたが、すでにダークデーモンは黒い翼を広げて空中で静止し、ワシを見下ろしている。

やはり、バニシングボールではこのサイズ相手には飛距離が出ないか。

——面倒だが、倒すしかないな。

「おいオックス」

「な、何だい……？」

「喜べ。ついに秘密兵器の出番だぞ？」

「どういうことかな……？」

怯《おび》えるようなオックスの表情に構わず、ワシは続ける。

「……ある程度でいい。ワシの前に出て攻撃を防いでくれ。頼りにしてるぞ、聖騎士殿？　なんなら倒してくれても構わん」

「ふ、ふふっ……！　そそそういうことなら安心しろっ、ぼぼ僕に任せてくれたまえっ！」

震え声で引きつった笑みを返してくるオックス。

正直あまり頼りにならんが、いないよりはマシだろう……多分。

ワシは即席の相棒に不安を抱きつつ、ダークデーモンを睨みつけた。

上空にいるダークデーモンが、翼をばさりと広げ滑空するようにこちらへ向かってくる。

かなりの速度だが、距離はまだある。

魔力回復薬を飲み干し、ワシはオックスの後ろに下がった。

戻れ、戻れっ！　……くそっ駄目かっ！

盾形態となった義手を元の腕に戻すべく念じるが、ギシギシ軋《きし》むだけでどうにも戻る気配はない。
大神剣アインベルもこの痛んだ右手一本では使えないし……腹を括《くく》るしかないな。

「シャアァ!!」

「ひいっ！　こ、こっちに来るっ!?」

「おいっ！　逃げるなオックスっ！」

「く、くそぉっ……！」

ダークデーモンの突進を防ぐべく、オックスは袋から立派な盾を取り出す。

――クロスシールド。巨大な十字が刻まれたその盾は魔導金属を幾重《いくえ》にも重ねて作られており、高価だが非常に高い防御性能を誇る。

オックスの奴め、中々いい盾を持っているではないか。よし、それでダークデーモンを受け止め……っ!?

「ひぃいっ!?」

受け止めるはずが、オックスは情けない悲鳴を上げてダークデーモンから跳《と》び退《の》き、攻撃を躱《かわ》してしまった。

思わぬ回避に驚いたのはダークデーモンも同じだったのか、攻撃を空《から》ぶってそのまま空中に飛び去っていく。

そしてオックスはというと、クロスシールドを放り出し岩陰に隠れ、情けなく震えていた。

「おい、馬鹿者！　しっかりしろ！」

「や、やっぱり無理だっ！　あんな化物と戦えるわけないいじゃないかっ！」

岩陰に身を隠したまま、オックスは涙声で叫ぶ。

最初から頼りないと思っていたが、やはりこいつは口だけであったか。

「すまない、全部嘘だったんだ……この町を魔物から守ったのも、聖騎士ってのも本当は僕じゃあないっ！　あの人の真似をしただけで……つい……魔が差しただけなんだ……っ」

涙を流し、懺悔《ざんげ》するオックス。

なるほど。ナナミの町を守った聖騎士はやはりオックスではなく、本当は他の誰か。そしてその誰かはダークゼルを倒した後、何も言わずに立ち去ったということか。

オックスは彼の格好を真似て自分が聖騎士と名乗り、手柄を掠《かす》め取っていたのだろう。

やれやれ、しょうがない小悪党だ。いつかはバレるとわからなかったのだろうか。

「ジャウウウ……」

ダークデーモンは岩陰に引き篭もるオックスを一瞥《いちべつ》し、ワシへと槍を構える。

戦意を失ったオックスではなく、ワシのほうを敵と認めたのだろう。

「シャアッ!!」

ワシ目がけて飛び掛かってくるダークデーモンの攻撃を横っ飛びに躱《かわ》し、タイムスクエアを念じる。

時間停止中に念じるのは、レッドクラッシュとホワイトクラッシュ。

――二重合成魔導、ノヴァアークラッシュ。

轟《ごう》、と白い炎球がダークデーモンを焼き包む。

たまらず地面に転がって火を消した後、空へと逃げ戻るダークデーモン。

よし、この程度のスピードなら躱《かわ》して反撃を喰らわせることができるな。

問題は相手が魔導を使ってきた時だが……その場合は回避か防御に専念せざるを得ない。

ともあれ、今は魔力を回復させねば。

意識を深く集中させ、瞑想により魔力を回復させながら相手の様子を見る。

ワシを睨みつけたダークデーモンは、槍に魔力を集めていく。

「シャアアアアアア!!」

金切り声を上げ、ダークデーモンが槍を一振りすると、数十個の炎の塊がその軌跡に沿って生まれた——レッドバレットだ。

撃ち落とすのは容易だが、魔力を温存したい。ここは全て躱《かわ》す。

迫り来る炎弾の軌道、それを読み最小限の動きで躱《かわ》していく。

どうしても避けきれないのは盾形態のまま固まった義手で撃ち落とした。

炎弾を全てやり過ごし、土煙の中でじっと佇《たたず》む。

まだ奴に動きはない。今のうちに魔力の回復を。

瞑想により魔力はかなり回復してきたが、ダークデーモンの魔力値は６００万……大した量ではないものの、飛んでいるのが厄介すぎるな。

大技は当てにくいし、空中で魔導を連打されるとキツい。

しかし、有利な点もある。相手が空中であれば、地上では大地を破壊してしまうため使えない五重合成魔導を撃つことができる。

とはいえ、プラチナムスラッシュでは射程が短すぎて、当てるのは難しいだろう。

ブレイクで行くしかない……が、いけるか？

大神剣アインベルを使わない中等魔導の五重合成は、かなり肉体に負荷がかかってしまう。

三年前のグレインとの戦いで怒りに身を任せ、何度か使ったワシ単独での五重合成魔導。

使うたびに魔力線が何本も焼き切れ、身体が千切れるような痛みを感じていたのを思い出す。

だが、今のワシの身体は少年のそれではない。

肉体的にも魔力的にも大きく成長した今のワシなら、五重魔導の負荷にも耐えられるはず。

「ギッヒヒ！」

全く反撃せぬワシを見て、気分を良くしたのだろうか。

ダークデーモンが赤い口を大きく開けて嗤《わら》い、奇声を上げる。

槍を振るうと同時に放つのは風の弾丸——ブラックバレット。

ここだ！

奴が魔導を発動させた瞬間を狙い、こちらもタイムスクエアを念じる。

時間停止中に念じるのはレッドクラッシュ、ブルークラッシュ、ブラッククラッシュ、グリーンクラッシュ、ホワイトクラッシュ。

——五重合成魔導、プラチナムブレイク。

時間停止が解除されると共に解き放たれたのは、眩《まばゆ》いまでの閃光《せんこう》。

かざした手から放たれる白金に輝く光の渦が、真っ直ぐダークデーモンを貫く。

奴の放ったブラックバレットを打ち消し、曇天の空に一本の光の筋が走った。

「……っ!?」

ずきん、と全身の魔力線が焼き付くような痛みがワシを襲う。

だが、耐えられぬほどではない。

「はーっ……はぁ……ふぅ……」

汗を拭《ぬぐ》いながら、ワシは肩で荒く息をする。

負担は大きいが、休憩しながら撃てば何とかなるか。

光が消え去ると、煙の中からボロボロになったダークデーモンが姿を見せる。

ダークデーモン
レベル166
魔力値
5856631／6666666

ダークデーモンの魔力はそれなりに削れている。

魔導師タイプの魔物は魔導への抵抗力が強いが、プラチナムブレイクの威力を軽減するのは流石《さすが》に無理だったのだろう。

怒りに満ちた表情でダークデーモンが全身に力を込めると、ボロボロだった身体がゆっくりと元の形状に復元していった。

いいぞ。形状回復に時間がかかれば、その分瞑想で魔力を回復できるからな。

ワシは身体を弛緩させ、焼き切れそうになった魔力線を冷却させるべく精神を集中させていく。

……よし、大分マシになってきた。

こいつを倒して終わりというわけではない。できるだけ瞑想を使い、魔力回復薬は温存せねば。

「シャアッ‼」

ダークデーモンの放つレッドバレットを躱《かわ》しながら、瞑想で魔力を回復させる。

空中からの魔導は確かに脅威だが、距離がある分、躱《かわ》しやすい。

炎の雨を避けられ驚愕《きょうがく》の表情を浮かべるダークデーモンを見て、ワシは笑う。

「くっくっ、そんな攻撃ではワシは仕留められんぞ？　大技で来い」

「ギィイ……！」

ワシの言葉に苛立《いらだ》ったのか、もう一度魔導を念じ始めるダークデーモン。

――よし、挑発に乗ってくれたな。

ダークデーモンの周囲に風の弾丸が生まれると同時に、もう一度プラチナムブレイクを解き放った。

プラチナムブレイクによる光の渦が、風の弾丸ごとダークデーモンを呑み込んでいく。

魔導を念じる瞬間は、どうしても無防備にならざるを得ない。

プラチナムブレイクであれば、奴が発動させた魔導を消滅させ本体にもダメージを与えられる。

あと七発……っ！

額《ひたい》から流れる汗を拭《ぬぐ》い大きく息を吐いていると、遠くから紡ぐような呻《うめ》き声が聞こえてきた。

声の聞こえる方、空を見上げると、ダークデーモンに魔力が集まり始めている。

「……ギ……イィ……」

このリズムは呪文。しかも聞き覚えのあるやつだ。

ワシの方へ向けられた奴の右手に渦巻く、大量の魔力。

ダークデーモンが自身を再生させずに集めた魔力は、螺旋《らせん》を描きながら一点に集中していく。

「——ギギ、ギッ……！」

「マズっ！」

——ブラックゼロ。槍のように尖《とが》った風の一撃が、ワシに向けて放たれた。

奴はワシの攻撃をあえてノーガードで受け、カウンターでブラックゼロを撃ってきたのである。

ブラックゼロは詠唱こそ長いが、射速は全魔導の中で最高。

範囲も広く、大魔導を撃ち切ったワシに躱《かわ》す手段は……ない。

風の槍がワシに迫り、凄まじい豪風が吹き荒れる。

直撃を覚悟した……が、何故かダメージは受けていないようだ。

不発？　……いや、何かが盾になったのか……？

辺りの煙が晴れて、視界が開けてきた。

煙の中から薄《うっす》らと見える影が揺らめく。

「――大丈夫ですか？」

凛とした少女の声に、ワシは聞き覚えがあった。

一迅の風が吹き、土煙が晴れて人影が姿をあらわす。

そこにいたのは、白い鎧を着込んだ金髪の少女。

長い髪をなびかせて振り向いた少女の顔は……何故か仮面で隠されていた。

仮面の少女とワシの目が合い、互いに固まる。

時間が止まったかのような静寂《せいじゃく》。

口元からわかる顔かたちには、以前から知っている少女の面影《おもかげ》がある。

それは三年前、ワシと共に旅をしていた美少年風少女剣士。

「クロード、なのか……？」

「……っ!?」

ワシの言葉に動揺したのか、少女はあたふたと挙動不審な動きを見せた後、顔を隠すようにくるりと前を向いてしまった。

「ひ、人違いではないでしょうか……？　ボク……じゃなくて。わ、私の名前はクロー……ディア……デスヨ……？」

マントで口元を隠しながら、カタコトで答える少女……どう見てもクロードである。

今、ボクって言いかけたではないか、クローディア。

疑いの眼差しを逸《そ》らすように、クロードはダークデーモンを指さした。

「そっ……そんなことより、今は目の前の敵を倒すのが先決ですっ！」

「……まぁ確かにその通りだな、詳しい話は後で聞かせてもらおう、なぁクローディア？」

「あ、うぅ……」

先刻までの凛々しい声はどこへやら、クロードは真っ赤な顔で俯《うつむ》き、情けない声を上げた。

オックスの言っていた聖騎士とやらは、クロードのことだったのか。

だが何故、北の大陸にいたクロードがこんな辺境の地に……ここにあるのはワシの家、そして最近になってあらわれだした町を襲う黒い魔物……

「……もしかして、黒い魔物からナナミの町を守ってくれていたのか？」

「えぇと……は、はい……いらぬことかとも思いましたが……」

消え入りそうな声で、そう答えるクロード。

なるほど合点がいった。町の周りにやたらといたダークゼルはクロードに追い払われ、中に入れずにいたのだろう。

派遣魔導師が手一杯な現状、クロードは世界中にあらわれた黒い魔物からワシの故郷を人知れず守ってくれていたのだ。

「そんなことはないさ、ありがとうクロード」

「で、ですからクローディアと……」

往生際《おうじょうぎわ》の悪いクロードを見てワシはくっくっと笑う。

「……それにしても、仮面をつけて素顔を隠して……か？」

「だ、だって知り合いに見られたら恥ずかしいですしっ！　ボク昔この町に住んでいたんですよ！」

「心配せずとも、ワシら以外は誰もお前だとは気づかぬよ。……髪、伸ばしたのだな。似合っているぞ」

「……ありがとうございます」

嬉しいのか、ニヤけてしまうのを隠してワシから顔を背《そむ》け、頬を赤らめるクロード。

その後ろで、必殺のはずのブラックゼロを防がれ呆然としていたダークデーモンが、我に返ったように槍を振り回す。

巻き起こる風が奴の周囲に集まっていく。ブラックバレットだ。

ダークデーモンから大量の風の弾丸が撃ち出され、クロードを襲う……が、無駄だ。

雨あられと降り注ぐ魔導の弾丸はクロードの身体に触れる前に消滅し、かき消されてしまう。

——魔導師殺し、スクリーンポイント。

クロードの持つ固有魔導で、身体に纏《まと》えばあらゆる魔導を打ち消すことができる。

先刻の大魔導ブラックゼロも、本来であれば一撃で相手を殺害しうるほどの威力を誇るが、スクリーンポイントを展開したクロードの前では全く意味がない。

「……効きません」

クロードが手にしていた長剣を振るうと、そよ風が土煙を吹き流していった。

ワシが前に出ようとすると、ばさりと翻《ひるがえ》されたマントに阻まれる。

「ゼフ君、ボクが前に！」

「そしてワシが後衛……だな？」

「……はいっ！」

こくりと頷き、クロードはダークデーモンへ向き直り剣と盾を構えた。

以前と同じオーソドックスな構えであるが、その練度は比較にならない。この三年の間、たゆまぬ修練を続けてきたのだろう。

「シュウウウ……」

魔導が効かぬと理解したのか、ダークデーモンは近接戦に持ち込むべく地上へと降りてくる。

槍を構えたダークデーモンと、剣を構えたクロード。対峙した二人は数秒睨み合い、得物を持つ手に力を込めている。

一触即発の空気を破ったのは、ダークデーモンを包み込む白い炎。

レッドスフィアとホワイトスフィアの二重合成魔導――ノヴァースフィア。

隙だらけの奴に、ワシが魔導を叩きこんだのである。

「ギャアアッ!?」

まるで白蛇が締め付けるように、白い炎がダークデーモンを焼いていく。

馬鹿め、一対一の戦いなどと誰が言ったよ。

お前の相手はクロードだけではない。ワシがいることを忘れてもらっては困るな。

次の瞬間、もがき苦しむダークデーモンの片腕が宙を舞う。

クロードが奴の怯《ひる》んだ隙を見逃すはずもなく、一刀のもとに切り捨てたのだ。

剣が閃《ひらめ》くたび、ダークデーモンの黒い身体は何度も何度も刻まれていく。

「はあああっ！」

斬撃の雨を繰り出すクロードの太刀筋はあまりにも疾《はや》く、光の帯が何重にも閃《ひらめ》いているようだ。

連撃の後、ざりと地面を力強く踏み込んだクロードは剣を下段に構え、ゆっくり身体を沈めたかと思うと——姿を消した。

そして数歩先、ダークデーモンの後ろにあらわれたクロードが、剣を腰の鞘に仕舞う。

かちん、と金属が合わさる音と共に、ダークデーモンの身体に白い剣閃《けんせん》が華のように咲き誇った。

それに合わせ、クロードが前を向いたままぼそりと呟《つぶや》く。

「白閃華《はくせんか》」

「——ア……？」

何が起きたかわからぬといった様子で、のたのたとクロードに触れようとしたダークデーモン。

しかし、その腕はボロボロと崩れ落ち消滅していった。

ダークデーモンが動こうとするたびに身体が崩壊し、砂像のごとく儚《はかな》く消える。

「——終わりです」

そう言ってクロードが振り返ると、強い風が吹く。

美しい金髪がふわりとなびき、ダークデーモンの身体は風に乗って虚空へと消えていくのであった。

チリとなって消滅したダークデーモンを一瞥《いちべつ》し、クロードはワシの方に向き直る。

魔物の身体を破壊しても大幅に魔力値が削れるわけではないが、一定以上分断すると残りの魔力値に関係なく消滅してしまう。

当然、相応の攻撃力が求められるのだが……腕を上げたな、クロード。

「聖騎士……いや、クローディアさんっ!!」

名を呼ばれているにもかかわらず、キョトンとした顔のクロード。

おい、クローディアはお前が今さっき名乗った名前だぞ。

軽く肘《ひじ》で突《つつ》くと、やっとそれに気づいたようだ。

そんなクロードに構わず、オックスが地面に頭を擦《こす》りつけた。

「申し訳ありませんでしたぁっ！」

「え、えぇ……っと……？」

土下座するオックスに困惑するクロードであったが、不意に何かを思い出したのか、ぽんと手のひらを叩いた。

「……あぁ、キミはもしかしてあの時の……」

「は、はいっ！　以前黒い魔物に襲われていた時に助けていただいた、オックスと申します」

クロードの奴、どうやらオックスのことを完全に忘れていたようだ。

仮面を付けた正義の味方は、助けた人が多すぎて覚えきれなかったのだな。ある意味、クロードらしい。

「あなたを真似ていたことに悪気はなかったんです……でも僕は弱くて……けれど強くなりたくて、焦《あせ》って……だからあなたの姿で町の人たちを騙《だま》し……本当に申し訳ありませんでしたぁっ！」

「……」

オックスの告白に、無言を返すクロード。

それにビビってしまったのか、オックスはさらに頭を地に擦《こす》りつける。

「町の人たちから貰《もら》った金はお返ししますっ！　ですから……どうか許してください……っ！」

啜《すす》り泣くオックスの傍《かたわ》らにクロードは無言のまま膝《ひざ》をつき、その肩にぽんと手を載せる。

「顔を上げてください。ボクは別に怒っていませんよ」

「クローディア……さん……」

困ったような表情のクロードは、顔を上げ涙で汚く濡れたオックスに優しく微笑みかける。

「今は弱くてもいいじゃないですか、オックスさんに強くなりたいという意志があれば、きっと強くなれます。……ボクも、昔そうでしたから」

「……ぁ……ありがとう……ありがとうございます……っ！」

「だからオックスさんも、頑張ってくださいね」

そう言って差し出したクロードの手をオックスは掴《つか》み、ボロボロと涙を流している。

……あー、そろそろいいだろうか。

この場を切り上げるべく、ワシはクロードの肩をぽんと叩いた。

「おい、敵はこれで終わりではないぞ」

「あっ！　そうでしたね……ごめんなさい、ボクもう行かないと」

「……はいっ！　お気をつけて、クローディアさんっ！」

「あ、あははは……」

最後まで勘違いしたオックスに、クロードは乾いた笑いを返すのであった。


「それにしても驚いたぞクロード、こんな所で会うとはな」

「えへへ、ボクも驚きました。いつか必ず……とは思っていたのですが、まさかこんなに早く再会できるなんて……」

仮面の下で、はにかむように笑うクロード。

ワシはクロードを連れ、シルシュと合流すべく走っていた。

先刻、連絡の取れなくなっていたシルシュから念話が届き、それによると狂獣化して何とかピンチを切り抜けていたそうで、今はこちらに向かっているとのことだ。

ダークデーモンを倒したからだろうか、町を襲っていたダークインプも消滅している。

恐らくあいつらはダークデーモンが呼び出した取り巻きだったのだろう。

まぁ、とりあえずは皆無事でよかったといったところだが……

「……ところでクロード、何故仮面を取らないのだ？」

「へっ⁉」

ワシの問いにすっとんきょうな声を上げ、足を止めたクロードは、俯《うつむ》き気味にちらちらとワシを見上げてくる。

「そんなもの、前が見えにくいだけだろう？　正体は知れてしまったのだし、隠す必要もあるまい」

「う……それはそうなのですが……その……」

もじもじと両手を合わせ、指をくねらせている。

頬を赤く染めて、恥ずかしそうに口をもごもごと動かしていたクロードだったが、蚊の鳴くような声で呟《つぶや》いた。

「……ゼフ君に……合わせる顔がなくて……」

「……はぁ？」

思わずワシの口から声が漏れる。

「以前ボクはゼフ君に酷いことをしてしまったでしょう？　それでその……」

「あぁ……」

そういえば三年前、グレインに操られていたクロードはワシを襲ってきたのだったか。

大したことではないのに、まだ気にしているとはな。

ワシはため息を吐いてクロードの仮面に指をかけた。

「……あのことはもう気にしなくていい。だから仮面を取るのだ」

「き、気にするなって言われても……あんっ無理矢理は嫌ですよぉっ！」

「……なら、自分でできるな？」

「う……わかりました……」

クロードは渋々、仮面に手をかけた。

「で、では取ります……」

緊張気味にクロードが仮面を外す。

ゆっくりと、仮面に隠されていたクロードの睫毛《まつげ》が、透き通ったブルーの瞳が露《あらわ》になっていく。

その顔は以前より少し大人びており、どことなく色っぽさも感じられた。

口の辺りで仮面を下ろすのを止めたクロードは、ワシを恐る恐る上目遣いで見て呟《つぶや》く。

「これで……いいですか……？」

昔はまだ子供っぽさが残っていたクロードだったが、髪を伸ばしたこともあり、かなり女らしくなっている。

「可愛らしくなったのではないか？　見違えたぞクロード」

「あ……ぅ……」

よく見ようと顔を近づけると、クロードの顔が一気に赤く染まっていく。

触れるか触れないか、そこまで近づいたところで突然クロードは抱きついてきた。

「うおっ⁉　こ、こら、びっくりするではないか……」

「えへへ……ごめんなさい、ゼフ君。……でも少しだけ、こうしててもいいですか？」

「……まぁ、別に構わんがな……」

三年ぶりの再会だし、シルシュが来るまでくらいはクロードの好きにさせておくか。

そう思いクロードの首元に目をやると、以前プレゼントしたチョーカーがまだ付けられていた。

マントをしていたから気づかなかったが……まだ大事にしてくれていたのだな。

そう思うと、何となく嬉しくなってしまう。

ワシは応えるように、クロードの背に腕を回すのであった。

「ゼフさーんっ！　クロードさーんっ！」

「シルシュ！」

「お久しぶりです、シルシュさん」

「はいっ！」

そう言って、合流したシルシュはクロードに抱きついた。

「まったく、少し落ち着けよシルシュ」

「あはは……申し訳ありません……」

「それより、魔物はもうこの町にいないのか？」

「えーと、町の中には目立った魔物はいませんが……」

ちらりと視線を向けた先には、空を舞う白い天馬。ミリィだ。

「……よし、すぐ助けに行くぞ」

「はいっ！」

ワシはクロードとシルシュの手を取り、テレポートを念じる。

ダークゼルはミリィを乗せたウルクに向け、黒い粘液を発射し続けている。

ずっと躱《かわ》していたのだろう、辺りには粘液の塊がいくつも落ちていた。

「ミリィーッ‼」

「う……ゼフ……？」

ワシの声に気づいたミリィは、こちらにゆっくりと降下してきた。

ウルクの背に身を投げ出し、ぐったりとして息を荒くしているミリィは汗びっしょりで、意識も朦朧《もうろう》としているようだ。

「……よく頑張ったな」

「う……ん……」

ワシが抱き上げると、安心したのか目を瞑《つむ》り気を失ってしまった。

魔力を出し尽くしてしまったのだろう……よく頑張ったな、ミリィ。

「シルシュ、ミリィを見ていてもらえるか？」

「は、はいっ！」

気絶したミリィをシルシュに渡し、クロードと共に巨大ダークゼルへと向き直る。

「あいつはワシらで何とかする、いくぞクロード」

「はいっ！」

ダークゼル
レベル146
魔力値
5125875／21423148

ミリィめ、随分と削ってくれたな。無理はするなと、あれほど言っておいたのに。

やれやれと息を吐くワシの前に躍《おど》り出たクロードが、剣を構えて巨大ダークゼルに突撃する。

「はあぁぁぁっ!!」

剣を抜いて斬り掛かるクロード。剣閃《けんせん》が幾重《いくえ》にも煌《きら》めきダークゼルの巨体を刻む。

だがダークゼルの再生は速く、逆にクロードのほうが触手のごとく伸びた粘体に呑み込まれそうになっている。

それを、ワシはブラックスフィアで弾き飛ばした。

「少し下がれ、クロード」

「……くっ！」

たまらずワシのもとへと下がるクロード。

動きは鈍《のろ》いとはいえ、あのデカさだ。下手に近づくと呑み込まれてしまう。接近戦は危険だな。

「くそ、アインが使えれば……！」

大神剣アインベルを使った多重合成魔導があれば、遠くからあの巨体を削ることも可能なのに……盾形態となったまま壊れて戻らない義手、さらに痛めた右手では、あの重い大剣を振るうのは厳しい。

いや、待てよ……？

ちらりと横にいるクロードの姿が目に入る。

今のワシは一人ではない。一人で大剣が扱えないなら、クロードの力を借りればいいではないか。

「クロード、少し力を貸してもらうぞ」

「いつでも、ゼフ君の好きな時にっ！」

「……いい返事だ」

クロードの手を取りサモンサーバントを念じると、ワシとクロードの手に眩《まばゆ》い光の剣が生まれた。

——大神剣アインベル。それを二人で支え合って構える。

「やっほークロード、お久しぶりーっ」

「お久しぶりです、アインちゃん。……何か大きくなりましたね」

「うんっ♪　クロードも可愛くなったよっ！」

久々の再会を喜ぶ二人だが……じゃれている暇はないぞ。

両手で大神剣アインベルを握るクロードの手の上から、ワシが手を添える。

「ワシは手を痛めて満足にこいつを振るえない。手伝ってもらえるか？」

「もちろんです」

頷くクロードの背中に覆い被《かぶ》さるような姿勢で、大神剣アインベルを構える。

密着したその背中は昔より少しだけ大きく、頼もしくなっていた。

「いくぞ、クロード」

「はいっ！」

クロードの手の上から大神剣アインベルを握り締め、タイムスクエアを念じる。

ダークゼルの残りの魔力値は５００万。この巨体を倒すには、ある程度の攻撃範囲が必要だろう。

少し身体に負担がかかるが……やるか！

時間停止中にホワイトクラッシュを五回念じ、大神剣アインベルの中に注ぎ込む。

ずきん、と身体が軋《きし》みを上げているのがわかる。——やはり五重合成は負担が大きい。

それでも我慢して、クロードの手を強く握る。

眩《まばゆ》い光が大神剣アインベルに吸い込まれ、同時に熱を帯びていく。

「あ、熱いです……ゼフ君……」

「しっかり握って放すなよ」

「ん……はい……っ」

——五重合成魔導ホワイトクラッシュサークル。

白く輝く大神剣アインベルを何とか握るクロードは、苦悶《くもん》の表情を浮かべている。

五重合成魔導を吸収した大神剣アインベルの柄《つか》は、煮え滾《たぎ》るように熱い。

それでもクロードは何とか剣を構え、斬撃の姿勢を取った。

「いつでもどうぞ……ゼフ君っ」

「あぁ、いくぞっ！」

「……はああああああああああっ！」

ワシの合図に応じ、クロードが大神剣アインベルを振るう。

それと同時にタイムスクエアを念じる。

時間停止中に念じるのはホワイトクラッシュをさらに五回。

大神剣アインベルに込められていた分の五回と合わせ、発動するのは——十重合成魔導、ホワイトクラッシュオメガ。

ざん、と大神剣アインベルの斬撃の跡を閃光《せんこう》が走る。

その直後、光が大爆発し上空の黒雲を全て吹き飛ばした。

目を瞑《つむ》っていても痛いほどの光の奔流《ほんりゅう》にワシらは呑み込まれていく。

「うわあああっ!?」

吹き飛びそうになるクロードを後ろから支えつつ、ワシは崩れゆくダークゼルを見ていた。

じゅうじゅうと煙を上げながら、その形を崩し、消滅していくダークゼル。

やれやれ、何とか倒せたようだな。

ため息をつくと同時に全身に激痛が走る。

痛……っ！

くそ、やはり連続して五重合成魔導を使った反動はデカい。ずきずきと全身の魔力線が悲鳴を上げているのがわかる。

眩暈《めまい》がして倒れ込みそうになるワシの身体を、今度はクロードが支えてくれた。

「大丈夫ですか、ゼフくん」

「……すまん、クロード」

「気にしないでください」

はにかむように笑うクロードの声が聞こえる。

辺りは未だ光に包まれている。……光でクロードの笑顔がよく見えないのが少し残念だな。

そんなことを思いながら、ワシはクロードの胸に身体を預けるのであった。


光が収まった後、気づけば目の前に巨大な穴が開いている。

あの巨大ダークゼルによって溶かされた地面だろうか。

「ふう、何とか勝てたな」

「えぇ」

クロードに支えられたまま、足に力を入れる。

ってて……まだ身体がフラフラするぞ。

何とか自立して身体を伸ばしていると、横にいたクロードの足が少しふらつくのが見えた。

「あ、あれ……？」

「おいクロードっ！」

そのまま地面にへたり込みそうになったのを、今度はワシが抱きとめてやる。

クロードの顔は青く、目も虚《うつ》ろだ。

気づけば辺りにはうっすらと紫色の霧が漂っている——これは毒か。

「ゼ……フく……」

「……ちっ！」

巨大ダークゼルが死の間際《まぎわ》、毒霧を辺りに撒《ま》いたのだろう。

ワシはレミラ草がまだ口の中に残っていたから平気だったが、クロードは十分な対策をしていなかったからな。

「おいしっかりしろ、クロード」

「う……」

苦しそうに息を吐くクロードの目は焦点が合っておらず、意識も朦朧《もうろう》としていた。

袋からレミラ草を取り出し、クロードに食べさせようとするが噛んでくれない。

くそ、かなり強力な毒だ。体内を回るのが速い。

「……仕方ない」

ワシは袋から取り出したレミラ草と水を自身の口に含み、噛み潰《つぶ》す。

そして液状にしたレミラ草を、クロードの唇をこじ開けて口移しで流し込んだ。

「ん……むぅ……」

一瞬、驚いたようにびくんと震えたクロードであったが、目を閉じてされるがままになった。

クロードの喉がコクコクと鳴り、ゆっくりではあるがレミラ草を飲み干していく。

「ぷはぁ……！　ふぅ、これでよし……と」

何とか飲んでくれたな。あとは効くのを待つばかりだ。

解毒剤を飲んだからか、クロードの顔にはほんのりと赤みが差してきた。

「……よし、顔色も少しマシになったな。しばらくすれば動けるようになるだろう」

「う……ありがとう……ございます……」

「馬鹿者、いいから寝てろ」

ぺちんとクロードの頬を叩くと、クロードは安心したように目を閉じた。

そのまま寝息を立て始めたクロードを背負い、ワシはシルシュのもとへ向かう。

少し離れた岩の陰には、シルシュがミリィを抱いたまま倒れ伏していた。

やれやれ、やはりこちらも毒を吸い込んでいるな。

シルシュを抱きかかえ、クロードと同じく噛み潰《つぶ》したレミラ草を口移しで飲ませてやる。

「う……ゼフさん……？」

離れていたから毒の影響が弱かったのか、もしくは獣人の強靭《きょうじん》な肉体によるものか、シルシュは大したことはないようだ。

あとはミリィだが……まぁこっちは解毒薬を飲ませなくても大丈夫か。

先刻の戦闘中、口に含んでいたレミラ草がまだ効いているのだろう。疲労はともかく、毒に侵された感じはしない。

「さて、あとは皆を家まで運んでしまうか……ん？」

三人を抱えてテレポートを念じようとすると、巨大ダークゼルのいた大穴の中から何者かが這《は》い出てくるのが見えた。

「おい、大丈夫か」

歳は三十半ばくらいだろうか。今までどこにいたのかわからんが、ボロボロで今にも倒れそうだ。

ミリィたちをその場に寝かせ、ワシは男へと手を差し出した。

男を穴から引き上げてヒーリングをかけてやると、その顔に少しだけ生気が戻る。

呻《うめ》き声を上げ、男はゆっくりと目を開けた。

「う……ここは……？」

「ナナミの町だ。お前は町の人間か？　自分の名が言えるか？」

「みんな……は……？」

ぼんやりと答えた男であったが、すぐにまともな思考を取り戻したらしく、口を噤《つぐ》む。

何か言おうとして止めた、そんな不自然さ。

警戒するように辺りを見回すその仕草は、一般人のそれではない。

——こいつ、魔導師だな。よく見れば身体も鍛えられているし、体内を魔力が力強く循環しているのがわかる。

怪しい……そう感じたワシは、男にスカウトスコープを念じた。

……名前を見て思い出したぞ。

こいつは前世でワシが捕らえた、盗賊魔導師イルガである。

現フレイムオブフレイムであるバートラム＝キャベルの元弟子で、今から数年後、魔導師協会によって指名手配される男だ。

こいつのよく使う手口は大量の魔物を集めて商団の馬車などにぶつけ、混乱している隙に荷物を荒らすという迷惑極まりないものだった。

町の付近に不自然に集められていた大量のダークゼルを思えば、合点がいく。

恐らくこいつが黒い魔物を利用し、町を襲わせたのだろう。

巨大ダークゼルの粘液や黒い霧が守護結界を破って町に侵入していたことを考えれば、もしかすると、黒い魔物には結界を破る能力があるのかもしれない。

それにこいつが気づいていたとすれば……

「盗賊魔導師イルガ……これは貴様の仕業か？」

「……っ!?」

ワシの言葉にイルガの身体が硬直する。

何故自分の名を、何故魔導師であるということを、そして何故自分の仕業だと見破られたのか――そんな顔だ。

やはりそうか。ワシは威圧するようにイルガの襟首《えりくび》を絞め上げた。

「みんなは……とか言っていたな。仲間と共に魔物を集め、町を襲わせたのか。……そのみんなとやらは、どこに隠れている？」

「……ふぅ」

イルガは観念した様子で俯《うつむ》き、両手を上げて応える。降参、と言いたいのだろう。

「……参ったよ。全てお見通しってわけか」

「ナメるなよ。貴様のやったことなどわかっている」

イルガは全てを看破され、すでに抵抗の意思はないようだ。

ま、仮に抵抗したとしても逃がしはしないがな。

「詳しく話せ」

「あぁ……わかったよ」

イルガは諦めて、ぽつぽつと自分たちの犯行を告白し始めた。

「仲間は……あのデカい奴に喰われちまった。逃げた仲間もきっと他の魔物に……」

淡々と語るイルガの目は、絶望に呑まれてしまったかのごとく、昏《くら》い。

そういえば町でダークインプに襲われている者がいたが、一般人にしては妙にいかつい身体をしていた。恐らくそいつらが盗賊の一味だったのであろう。

「あのデカいのに呑み込まれる瞬間、咄嗟《とっさ》に防御の魔導を展開したおかげで何とか俺だけは助かったみたいだがな……」

巨大ダークゼルのいた大穴をよく見ると、無数の人骨が転がっていた。

魔導師のイルガであれば、その気になれば一人で簡単に逃げられたはずである。

そうしなかったのは、他の仲間を助けようとしたからなのだろうか。

意外と仲間思いなのかもしれない……ま、だからといって容赦するつもりはないがな。

「とりあえずアジトへ案内してもらおう。断ればどうなるか……わかっているな」

ワシが睨みつけると、イルガは自嘲《じちょう》気味に笑う。

「……やれやれ、仲間なんか本当に残っていないんだがな……おい、まだ黒い魔物が……！」

「む」

イルガに背後を指され、ワシは振り向く。

……だがそこに黒い魔物の姿などなく、ミリィがのそのそと起き上がり、ぼんやりとワシを見ているのみであった。

「……ハッ、馬鹿め」

そう吐き捨てたイルガはテレポートを使ったのだろう、彼方《かなた》へと飛び去りすでに豆粒のように小さくなっていた。

ちっ、セコい手を使いおって……だが易々《やすやす》と逃げられると思うなよ！

「ミリィ、二人を頼んだぞ」

「へ？　え？」

戸惑うミリィにそう言い残し、ワシはイルガを追うべくテレポートを念じる。

気づかれぬようついていくと、辿《たど》りついた先は廃村。

ここは確か若者が都市に出ていき、老人ばかりになった名もなき農村だったな。

村は荒れ放題だが、最近まで人がいた痕跡が残されている。

恐らくイルガたち盗賊が黒い魔物を使って村人を追い出し、アジトとしていたのだろう。

さて、どこに隠れている？

身体の外側に向けて大きく魔力を広げるイメージ。

ワシほどの魔導師ともなると、ある程度の範囲内であれば、魔物や魔導師のいる場所を探ることができるのだ。

町中やダンジョンなどはノイズが混じるため上手くいかないが、こういった人気《ひとけ》のない場所では有効である。

北の方に魔力の波動……ぼんやりとだが、魔導師らしき気配が感じられる。

警戒しながら奥へと進んでいくと、古ぼけた一軒家が見えた。

あそこか……よし。

バレても逃げられぬよう、ワシは威圧の魔導を展開する。

ワシの威圧の魔導は、他の魔導師たちが使っているのを見て覚えた我流である。

範囲はかなり狭いが、このボロ屋くらいなら覆い尽くすことが可能だ。これで奴はテレポートできん。

ゆっくりと中に入っていくと、屋内からはやはり人の気配する。

ぎしぎしと床を踏むたびに鳴る音。家の中は案外狭く、すぐに奥の部屋へと辿《たど》りついた。

扉を開け部屋の中に入ると、床に寝転がった小さな人影が見える。

縄で縛られ猿ぐつわをかまされているのは、赤い帽子を被《かぶ》った銀髪の少女。

「エリス……？」

見覚えのあるその少女は、ナナミの町で別れたエリスだった。

首都プロレアへ帰ったのかと思っていたが……まさかこんなところで会うとはな。

すぐにエリスの側《そば》に駆け寄る。

……どうやら眠っているだけのようで、安堵の息を吐いた。

目を瞑《つむ》り寝息を立てるエリスの目元には、涙の跡がついている。

拘束状態にして魔導を封じることができる枷《かせ》。エリスの両手にはそれが嵌《は》められていた。

「これは魔導封じの枷《かせ》……か」

枷《かせ》を外すべく解錠の魔導を念じようとすると、家の外でガサガサと何かが遠ざかっていく音が聞こえた。

「イルガかっ！　……くそっ」

追おうとするが、エリスを放ってはおけない。

ちっ、イルガの奴め、逃げるためにエリスを囮《おとり》にしたのか。ずる賢い奴め。

もう小屋から離れてテレポートで飛んで行ってしまったらしく、気配は遠ざかっていた。

……仕方ない、今回は諦めるとするか。

解錠の魔導を念じると、カシャンと音を立てて枷《かせ》が外れた。

エリスの細く白い手首には、赤黒いアザがついている。相当暴れたのだろうな。

エリスの手を取ってヒーリングを念じていると、ぴくりと指先が動いた。

ゆっくりと目を開けたエリスの口から、小さく息が漏れる。

「ぅ……」

「気がついたか」

「……ぁ……ぉ……さま……」

ワシが声をかけると、エリスは大きく瞳を潤ませて、思いきり抱きついてきた。

余程怖かったのだろうか、小さな身体はかくかくと震えている。

「うわぁぁぁっ！　お父さまぁぁぁっ！」

「お、おい……？」

「怖かった……怖かったです……お父さまぁ……っうぅ……」

「エリス……」

エリスは泣きじゃくり、ワシに抱きついて離れようとしない。

ワシを父親と勘違いしているのか、先刻からワシのことをお父さま、お父さまと連呼している。

我がままな面しか見たことがなかったが、こう素直なエリスは中々可愛らしい。

髪をすくように撫《な》でてやると、ワシの胸の中で気持ち良さそうに息を吐く。

「……ぇ？」

と、エリスが戸惑うように呟《つぶや》いた。

そしてくんくんとワシの胸元で鼻を動かし、動きを止める。

「お父さまのニオイじゃない……？」

小さくそう言ったエリスはワシの背に回していた腕を放し、顔を上げる。

息がかかりそうなほどの近さで、エリスと目が合った。

き、気まずい……。それはエリスも同じらしく、目を丸くしたまま固まっている。

「な……あ……」

「あーその……すまなかったな、お父さまでなくて」

「～～～～ッ」

ワシの言葉に、エリスの顔は一瞬にして真っ赤に染まった。

そして、ワシの頬に全力のビンタが飛んでくるのであった。


――ワシの後ろで、エリスが汚れて乱れた服を着直している。

するするという衣擦《きぬず》れの音を聞きながら、ワシはあぐらを組んで座っていた。

「絶対こっちを見てはダメですわよ！」

「誰が見るかよ……心配なら部屋の外で待っているが？」

「そ、それも……その……」

まだ怖いのだろう。虐《いじ》めるのはやめておくか。大人しくエリスが着終わるのを待ってやろう。

「……もういいですわ」

しばらく経ち、エリスの声に振り向くと、きっちりと服を着直したエリスが腕組みをして立っていた。

あれほどの醜態を見せた後でも格好をつけるとは……何と言うか、エリスらしいな。

くっくっとワシが笑っているのに気づいたのか、エリスは頬を赤らめ唇を尖《とが》らせる。

「……はぁ、何であんたみたいなデリカシーのない男とお父さまを間違ってしまったのかしら……」

「あのな、自分で勝手に誤解しておいて何を言ってるんだ、お前は」

「お黙りなさい！　あなたが紛らわしい髪形をしているのが悪いのです！」

ぷいと横を向いてしまうエリス。まったく、我がままな奴だ。

まぁしかし、この様子なら何もされてはいないか。

もしかしたら、イルガたちに乱暴をされた可能性もあったからな……。アイツらがロリコンでなくてよかったといったところか。

大きくため息を吐き、ワシはエリスの両肩をがしりと掴《つか》んだ。

正面から睨みつけると、エリスは少したじろいで息を呑む。

「な、なんですの……？」

「エリス、お前はもう家に帰ったほうがいい……怖い目に遭《あ》ったのだろう？」

「な……っ！」

ワシの言葉に目を丸くするエリス。その肩をさらに強く掴《つか》み、顔を近づける。

「まだお前に旅は早い、しばらくはお父さまのもとで腕を磨くことだな」

「そ、そんなこと貴方《あなた》に言われる筋合いは……」

「エリス」

「……っ！」

じっと目を見つめると、ワシが真剣であることを理解したのか、エリスはごくりと息を呑み目を伏せる。

しばし沈黙した後、エリスは小声でぶつぶつと呟《つぶや》いていたが、意を決したように口を開いた。

「……覚えてなさいよ……」

そう言うとエリスはワシの手を振りほどき、後ろを向いて魔力を集中し始める。

手を振るい生まれた青い光がエリスを包み込むと、姿が溶けるように消えていった。

消え際に、振り返りワシを睨みつけたエリスの目尻には光るものが見えた。

やれやれ、何で助けてやったのに憎まれ口を叩かれねばならんのだ。エリスとは、つくづく相性が悪い。

不条理さに頭を抱えつつ、ワシはナナミの町に帰るのであった。


「あ、おかえりゼフ、さっき追ってった人はどうなった？」

ワシの家に帰りつくと、ミリィが声をかけてきた。

「うむ。賊には逃げられたが、二度と襲ってはこないだろう。少なくともこの町にはな」

「そ？　ならよかったわ」

「クロードたちはどうしてる？」

「ゼフのお母さまの部屋で寝てる。まだ起きないみたい」

毒をモロに喰らっていたからな。流石《さすが》にまだ回復しないか。

「町もひどい有様だ。できるだけ早く守護結界を張り直さねばな」

「そうね、明日やりましょ。ゼフったら、足元フラついてるもん」

「お前こそ、力を出し尽くしただろうが。恐らく明日は身体が動かんぞ」

「はぁ～い、わかっていますよ～だ」

「ならいいがな……ともかく疲れた。早く寝たい」

「ふわ……そーね。私も眠くなってきちゃった。お休みゼフ」

「あぁ」

すでに限界だったワシとミリィは、ソファで眠りにつくのだった。

6

「う……もう朝か？」

ヨロヨロとソファから起き上がると、台所からいい匂いがしてくる。

そちらを見れば、エプロン姿で調理をするクロードの姿があった。

そうか、母さんは避難所にいるのだったな。

ワシに気づいたクロードは、花のような笑顔を向けてくる。

「おはようございます、ゼフ君」

「もう起きても大丈夫なのか？」

「あはは……えと、おかげさまで……」

クロードは顔を赤くして言葉を濁し、ワシから目を逸《そ》らす。

おかげさま……あぁ、口移しでレミラ草を飲ませたことを言っているのか。

緊急事態だったとはいえ、若干気まずい。話を逸《そ》らすべく、鍋のほうへと話題を移す。

「な、何を作っているのだ？　美味《うま》そうな匂いではないか」

「は、はい！　スープを作ってみたのですが……よかったら食べますか？」

「いただくとしよう」

クロードが鍋からスープをお椀によそい、ワシに差し出してくる。

鼻をくすぐる匂いは、嗅いだことがあるものだ。

「これは母さんの……」

「えと……はい。実はゼフ君のお母さまに教えていただきました」

「もしかしてワシがいない間、ウチに来たのか？」

「本当は謝りに来ただけのつもりだったのですが、その……色々とお世話になってしまって……」

照れくさそうに髪を弄《いじ》るクロード。

なるほど、母さんが言っていたワシの家に来た美人とやらは、クロードのことだったのだな。

確かに、髪を伸ばしたクロードは美人と言える。

「……お母さま、いい人ですね」

「自慢の母親だよ。ん、中々美味《うま》いではないか」

「ふふ、おかわりは沢山ありますからね」

ワシが空《から》になったお椀を差し出すと、クロードが鍋からよそってくれる。

カーテンの隙間から朝日が溢れ、ワシもクロードも一言も喋らない空間。

だが、不思議と居心地は悪くない。

「……ゼフ君」

「どうした、クロード?」

「また、一緒に連れて行ってもらえますか?」

「うむ、もちろんだとも」

「……よかったぁ」

クロードは心底ホッとしたような顔で、大きく息を吐くのであった。

「ふう、ご馳走さま」

「すっごく美味しかったです、クロードさん」

「えへへ……どういたしまして」

その後、シルシュも起きてきて共に朝食をとっていた。

「それにしてもミリィの奴、今日は特にねぼすけではないか」

「昨日の疲れが出ているのでしょうか……」

心配そうな顔のシルシュ。

ミリィはワシらが食事を終えても目を覚まさない。ワシはソファに近づき、声をかける。

「ミリィ、おいミリィ」

「う～……ゼフぅ……？」

ワシの声に力なく答えるミリィ。目は閉じたままだ。やはり言った通り、動けないではないか。

「どれ、少し見せてみろ」

「うぅ……」

まさか……

ミリィの服をめくり下腹部の辺りに指を当てていくと、魔力線が所々破損しているような感じがする。昨日、限界を超えて魔力を使ったからだろう。

魔力を限界まで出し尽くすと、魔力線が次々と断絶していく。あまりにひどい場合は、疲労で何日かはまともに動けなくなってしまうのだ。

「仕方ない。ゆっくり休むといい」

「ごめんねぇ……」

「守護結界はワシらで何とかしておく」

ミリィをベッドに運び、ワシはクロードとシルシュを連れて我が家を出るのであった。

町をしばらく歩いていると、魔導師協会の紋章の刻印された石碑が見えてきた。

ここはナナミの町の中央にある祠《ほこら》。この地下に町を守るための守護結界の要《かなめ》が設置されているのだ。

「これは酷いですね……」

本来は町の人々に敬われ、ゴミ一つない神聖な祠《ほこら》なのだが、あの巨大ダークゼルが運んできたのか、今は泥や瓦礫《がれき》が散乱している。

美しく構築されていた守護結界の要《かなめ》の外周部は、もはや見る影もない。

「む、少し臭うな」

辺りには酷い悪臭が漂っている。シルシュも口元を押さえ、顔を青くしていた。

「うぅ……また気持ち悪くなってきました……」

「鼻の利《き》くシルシュにはしんどいだろう。無理せず帰ったほうがいい」

「シルシュさん、ここはボクとゼフ君で大丈夫ですから」

「申し訳ありません……念のため、少し離れた場所から見張りをしていますね。あ、ゼフさん少し待っていてくださいますか？　クロードさん、ちょっとこっちへ……」

そう言ってシルシュはクロードの手を引き、ワシから離れてこそこそと耳打ちをしている。

しばらく話した後、シルシュはクロードを力強く見送るのであった。

恥ずかしそうにこちらに駆けてくるクロードとは裏腹に……シルシュの奴、元気そうではないか。

「お、お待たせしました……」

「顔が赤いぞ、クロード。シルシュに何か吹き込まれたのか？」

「いえっ！　き、気にしないでください、ゼフ君。さぁ早く行きましょう！」

「……まぁ構わないが」

パタパタと手を振るクロードに連れられ、ワシは祠《ほこら》の中へと足を踏み入れるのであった。

祠《ほこら》の中はかなり暗い。普段はヒカリゴケの明かりがあるのだが、黒い粘液で塗り潰《つぶ》されていた。

レッドボールを念じ、それを浮かべて松明《たいまつ》代わりにして進んでいく。

「不気味ですね……何か出てきそうです……」

「何だクロード、相変わらずお化けが怖いのか？」

「そ、そんなことないですもん！」

からかうように笑うと、クロードは頬を膨らませプイと横を向いた。

まったく、怖くないならワシの服の裾《すそ》を掴《つか》むなよ。

奥へ進むにつれ、泥はさら酷くなっていく。足元がぬかるんで歩きにくい。

すぐ横をついてきていたクロードが、止まれと言わんばかりにワシの服の袖《そで》を引いた。

「……ゼフ君、あそこで何か動きました」

「あぁ、まだ魔物が残っているようだな」

レッドボールで照らされた地面に蠢《うごめ》く黒い影。ダークゼルだ。

少し形の崩れたダークゼルは、のろのろと身体を崩壊させながら近づいてくる。

こいつは言うなればあの巨大ダークゼルの残骸《ざんがい》、切れ端のようなものだろう。

「ボクに任せてください」

腰の剣を抜き放ったクロードは、ダークゼルと向かい合う。

そして、ぴくりと動いたかと思うと、一瞬で幾重《いくえ》もの斬撃を繰り出した。

息を整えるクロードの眼前で、ダークゼルの身体に白い華が咲き誇る。

「――白閃華《はくせんか》、だったか？」

「ぶっ！」

ワシの言葉にクロードはゲホゲホと咳き込んだ。

む、名前を間違えたかな？　一度聞いただけだし、小声だったから聞き違えたかもしれない。

何故かクロードはワシと目を合わせようとせず、顔を赤く染めている。

「どうかしたクロード。ワシは何か違っていたか？　白閃華《はくせんか》ではなかったか？」

「いえ……は、白閃華《はくせんか》でいいです……ゼフ君が全面的に正しいですから……連呼するのはやめてください……うぅ……」

クロードは両手で耳を塞ぎ、地面へと蹲《うずくま》る。

うーむ、何を恥ずかしがっているのだろうか。

しばらくしてヨロヨロと立ち上がってきたクロードだったが、その頬はまだ少し赤い。

「この技、ボクがこの三年間で編み出したものなんですよね……」

「なるほど、我流の剣技というわけだな。白閃華《はくせんか》、いい技名ではないか」

「……その名前、できるだけ言わないでもらえますか？　……恥ずかしいので」

「何故だ？　カッコいいではないか。白閃華《はくせんか》、いい名前だと思うぞ？」

「な、何でもですっ！」

真っ赤になってまた耳を塞ぐクロード。よくわからん奴である。

「うぅ……ゼフ君の真似をして名前をつけてみたのですが……思った以上に恥ずかしいですね」

「そうか？」

「あはは、やっぱりゼフ君には敵《かな》わないです」

困ったような顔でワシを見るクロード。やはりよくわからん奴である。

「それにしても一体どういう技なのだ？　魔導を込めているのかと思ったが、そんな単純なものではなさそうだし」

「ええと……これはスクリーンポイントを、剣を中心に発動させているんですよ」

クロードは剣を鞘《さや》から引き抜き、ワシによく見えるように剣先に魔力を込めていく。

スクリーンポイントは全身を淡い光で覆い、それに触れた魔力を喰らい尽くすというレオンハルト家に伝わる魔導師殺しだ。それを剣に集中させたというのか。

レッドウエポンなどの補助魔導ならともかく、普通の魔導を武器に込めるのはかなり難しい。

通常は鍛冶師と魔導師が協力し、魔力を込めた高価な魔導金属を何枚も重ね合わせて鍛造するしかない。

「強力な魔物ほど大地のマナが多く宿っているため、この……は、白閃華《はくせんか》は効果が高いのです……特に黒い魔物には効果抜群ですね。ただこれを使っている最中はボク自身にスクリーンポイントを使えないので、防御が手薄になるのが欠点ですけれど」

「ふむ、まさに攻撃に特化した技というわけだな」

「そんなところです」

そして進むことしばし、ワシらは祠《ほこら》の中心部にやって来た。

そこから長い螺旋《らせん》状の階段を降りていくと、少し明るい部屋へと出る。

室内には魔法陣がびっしりと描かれており、未だその魔力は失われていない。

灯りのない部屋だが、魔法陣の上を走る魔力が薄《うっす》らと青い光を放っている。

「うわぁ……これが守護結界の中心ですか……なんだか神秘的な場所ですね」

「あぁ、部屋全体が強力な守護結界の礎《いしずえ》となっているのだ。ここを破壊されたら面倒なことになっていただろう」

一度守護結界が完全に破壊されてしまうと、町のあちこちから魔物が発生する。

そうなると町にかなりの被害が出てしまうし、これほどの規模の守護結界では修理まで数日……下手したら数十日はかかるだろうからな。最悪、町を放棄することになりかねなかった。

ダークゼルの破片があらわれたのはこの祠《ほこら》に入ってすぐの場所、それもただの一度きりだ。

黒い泥による侵食も通路の半ば辺りで止まっていたし、守護結界の心臓部を守護する魔導防壁が上手く機能してくれたのだろう。

普段はこの魔導防壁により、何人《なんぴと》たりとも入ることはできないのである。

――ちなみにワシらは祠《ほこら》に入る前、念話でイエラに頼んで魔導防壁を解除してもらった。

「この祠《ほこら》は普段は立入禁止だ。ちょうどいい機会だし、ゆっくり見学させてもらおうではないか。興味深い仕掛けが色々と施《ほどこ》されているようだしな……くっくっ」

「あはは……いいんでしょうか……」

「いいのだよ、このくらい役得だ」

ワシもここへ足を踏み入れたのは前世で二、三度くらいで、その時は他の者も一緒だったからな。じっくり見る機会などなかった。

それにしても素晴らしい。壁や床に魔導紋様を刻むことで長期の結界発動を可能にしているのだが、所々に増幅と保存の術式を混ぜ合わせるとさらなる効果を期待できるのか。

しかもそれに使われているのは……あの黒い魔物たちがドロップする黒い石のようだな。

この黒い石は大量の魔力を込めることが可能なのだが、込めた魔力を取り出すのが困難なのだ。レディアやセルベリエと試行錯誤してきたものの、結局のところ現状では上手く使えないとなったのだが……ここでは、黒い石を組み込むことで上手く魔力が循環していると見える。

指で表面をなぞると、ざらりとした感触。

《白い粉が紋様と共に焼き付けられている……この触《さわ》り心地はジェムストーンの粉っぽいが……どうだアイン？》

《うんっ間違いないよ、おじい！》

《……舐《な》めて紋様を崩すなよ、下手に弄《いじ》ると結界が壊れてしまうかもしれないからな》

《はーい、わかってますよーだ》

アインが文句を言いながら気配を消す。

やはりジェムストーンの粉だったか、食いしん坊であるアインの目利《めき》きなら間違いあるまい。

よく見れば、各々描かれている紋様が異なるな。細かいことは調べてみないとわからないが。

「とりあえず守護結界に魔力を注いでみるか」

中心の水晶に手を当て魔力を込めていくと、結界がぽつぽつと光り始める。

やはり、あの黒い石が動力の要《かなめ》となっているらしい。

起動部を眺めていると、すぐにワシの魔力は半分以下になってしまった。

やはりこれだけ巨大な守護結界には、大量の魔力を注ぎこまねばならないな。

一人ではちょっと厳しいかもしれない。明日、出直すとするか。

その前に、念入りにチェックしておくとしよう。この装置を丸々パク……ごほん、参考にして、ワシらが集めた黒い石に魔導を上手く込めることができれば、強力な魔導武器を作れるかもしれない。

「ま、また悪いこと考えていますね……ゼフ君」

「くっくっ、気のせいではないか？」

とはいえこの装置、魔導部分はともかくとして、よくわからん金属が色々と使われているな。

いくらワシでもこれらの部位はわからんし……レディアが帰ってからでないと、本格的な調査はできん。現時点で調べられるところだけにしておくか。

「少し調べる。シルシュのところへ戻っても構わんぞ」

「いえ、何かお手伝いしますよ！　……と言っても、ボクにできることなんてないかもしれませんが……」

「そんなことはないさ。では灯りを出してもらえるか？」

自分で出してもいいが、調べ事に集中したいからな。

「はいっ！」

元気よく返事をし、レッドボールを念じるクロード。魔導の火が辺りを照らし、薄暗い部屋が明るくなる。

「これで大丈夫ですか？」

「あぁ、助かるよクロード……だが、こんなことをやらせるのは少し悪い気がするな」

「気にしないでください、ゼフ君の役に立てるなら何でもしますから」

そう言って屈託のない笑みを浮かべるクロード。

面倒なことを頼んでも嫌な顔一つせず、か。相変わらずイケメンだな。

クロードの言葉に甘え、ワシは守護結界の仕組みを調べたのだった。

しばらく中を調査した後、ワシはクロードと共に祠《ほこら》の外へと出る。

ある程度は頭に入れたが、紙に書かないと覚えきれないな。

どんな効果なのかよくわからん材料も使われていたし、まぁ明日色々と持ち込んで再調査するか。

外へ出ると、瓦礫《がれき》に座っていたシルシュがワシらを見つけ、尻尾を振りながらこちらへ駆けてきた。

「おかえりなさい。ゼフさん、クロードさん」

「ただいまシルシュ、いい子にしていたか？」

「もう、ゼフさんてば、私は子供じゃないのですから……」

どっちかというと、犬的な意味で言ったのだが。

膨れるシルシュだったが、すぐにワシからクロードを引き剥がし、何やら耳打ちをしている。

ニヤニヤするシルシュとは反対に、困ったように顔を赤く染めるクロード。

……そういえば祠《ほこら》に入る前に、シルシュがクロードに何か言っていたっけか。

多分シルシュなりに気を遣い、ワシとクロードを二人っきりにしたのだろう。

まったく、下らん気を回しおって。

それより、こちらもやることがある。二人から少し離れ、ワシはレディアに念話で呼びかける。

《レディアか？》

《やっふー、ゼフっちぃ～元気してた？》

《あぁ、何とかな。そっちはどうだ》

《元気元気♪　街の皆もお父さんもね。ゼフっちを連れて来いってうるさいのなんの……それにし

ても、ゼフっちから念話してくるなんて珍しいね。もしかして私がいなくて寂しくて、声を聴きたくなっちゃったとか？》
《馬鹿者……こっちは大変だったのだぞ》
《何かあったの？》
《うむ、実はな……》
レディアにこれまでの経緯を話す。
ナナミの町が黒い魔物に襲われたこと。
盗賊に攫《さら》われたエリスを助け出し、家に帰らせたこと。
そしてクロードと再会したこと。
《へぇ～、クロちゃんどこ行ったのか心配だったけど、こんな所に来てたんだね～》
《どうやらワシの家に詫びを入れに来ていたらしい》
《あた～、やるねぇクロちゃん……お母さんへの挨拶は先を越されちゃったかぁ～。でも私はゼフっちをお父さんには紹介してるし、一勝一敗ってところかな》
《何の話をしているのだ……》
《あっはは、気にしない気にしない♪》
そう言って楽しげに笑うレディア。
久しぶりに父親と会えてうれしいのだろう、どことなくテンションが高いように感じる。
《それよりレディア、以前製作していた魔導武器のことで使えそうなものを見つけてな。一度こち

らに来てもらえるか？　あの黒い石の使い道がわかるかもしれないのだ》

《おおっ、そうなの？　今ならウチの工房を使えるから、いい武器作れるよ～♪　でもすぐに向かうと夜になっちゃうし、明日の朝一でセっちんと一緒に行くよ》

《あぁ、それで構わない。ではまた明日》

念話を切ると、クロードが後ろに立っていた。おわっ、びっくりするではないか。

「今のはレディアさんですか？」

「あぁ、守護結界にあった黒い石のことでな……よくわかったなクロード」

「ふふ、何言ってるんですか。ゼフ君、さっき祠《ほこら》の中でぶつぶつ言ってましたよ？　レディアに話してみるか……とか何とか」

「……そうだったかな」

どうやら気づかぬうちに独り言を言っていたようである。

くすくすと笑うクロードを睨みつけると、クロードは慌てて口を押さえた。

「ふふ、ではそろそろ帰りましょうか？　ミリィさんも待っていますし」

「そうだな。もう夕方になるし、ミリィの奴、あの調子では身体を動かせないだろう。ろくに食事もとっていないはずだからな」

「一応、果物をいくつかベッドの近くに置いてきましたが……お腹を空《す》かせているでしょうね。一度帰っておけばよかったかもしれません」

魔力を限界以上に使い切ったミリィは、全身を襲う激痛で今朝は起き上がることもできなかった。

きっとまだベッドでうんうん唸《うな》っていることだろう。

クロードとシルシュを引き連れ、ワシは家へと帰ることにした。


「あらゼフ、おかえりなさい」

「か、母さん!?」

家に帰ると、出迎えてくれたのは避難所にいるはずの母さん。

テーブルの上には、母さんが腕によりをかけた沢山の料理が並んでいる。

豪勢な食卓である。こんなの見たことがないぞ……気合い入れすぎだろう、母さん。

「あら、あなたは前にウチに来た……えと、ごめんなさい、名前なんだったかしら」

「クロードです、お母さま」

「あぁそうそう、ごめんなさいね。ゼフとはちゃんと合流できたのね」

「はい、おかげさまで」

「ちょ、ちょっと待て母さん！　何故避難所にいない!?　危ないだろうが！」

和《なご》やかに話を始める母さんとクロードの間に割って入る。

まだ守護結界は回復していない。避難勧告は解除されていないはずである。

「町にはまだ魔物がいるかもしれないのだぞ！」

「あら、だってこの家にはあなたたちがいるのだから安全でしょう？　避難場所の守護結界はかなり脆《もろ》い、いつ壊れるかわからないって皆言ってたわ。それなら、ゼフたちのいる家のほうが安心なのではなくて？」

「むぐ……そ、それは……」

確かに避難所の守護結界は簡易のものである。黒い魔物相手にどれだけの防御力があるのかは不明だ。

母さんの言う通り、ワシらといるほうが安全……なのかもしれない。

「まぁいいじゃない。噂によると、町の守護結界を直すには時間がかかるかもしれないんでしょう？　お仕事を終えて帰ってきたら母さんの料理の一つも食べたいでしょうし……それに母さんも皆と仲良くしたいのよ。……ね、ゼフお願いっ♪」

両手を合わせ、ウインクをする母さん。

……そんな可愛らしい仕草が通じるのは、二十代までだぞ。

ジト目で母さんを見ていると、その表情に威圧感が募ってくる。

「うふふ、何かしらその顔は……年を考えろ、とでも言いたそうじゃあない……？」

「き、気のせいではないか？」

「そ、よかった♪　じゃあここにいてもいいわよねっ！　も〜、魔物が出るかもしれない危険な町の中を帰れって言われたら、どうしようかと思ったわ〜」

そう言って片足を上げ、可愛らしい声を上げる母さん。

だから歳を考えろと……だが、そのあまりの威圧感に何も言えない。

この人はたとえ魔物が襲ってきても、一人で倒せるんじゃないだろうか。

「はぁ……わかったよ母さん、確かにワシらといるほうが安全かもしれないからな」

「やったわっ！　流石《さすが》私の息子ね、話がわかるぅ♪」

皆の前でワシを思いきり抱きしめてくる。

……やれやれ、敵《かな》わないな。

皆に呆れたような顔をされてワシはため息を吐き、その後、豪勢な食卓を囲んで疲れを癒したのであった。

とあるおっさんのVRMMO活動記
PCオンラインゲーム
絶賛サービス中
ワンモア・フリーライフ・オンライン
とあるおっさんのオンライン活動記
「ワンモア」がリニューアル!?
仲間と楽しめる新機能と共に「ワンモア・フリーライフ・オンライン」
新生・再始動…!
詳しくは http://omf-game.alphapolis.co.jp/ へアクセス!
© Howahowa Shiina © AlphaPolis Co.,Ltd.

Re:Monster
ゲームアプリ解放《リリース》中!!
60万ダウンロード突破!
※2017年2月21日時点
App Store無料ランキング(ゲームカテゴリ)2位!
※2016年2月25日時点
Google Play™国内アプリ新着無料ランキング3位!
※2016年2月26日時点
おかげさまで誕生1周年!
喰えば喰うほど強くなるRPG!
Re:Monster《リ・モンスター》
〜ゴブリン転生記〜
書き下ろしマンガも公開中じゃよ
詳しくは
http://remonster.jp/
にアクセス!
【Android】Google Play
【iOS】App Store
で好評配信中!
携帯サイトはこちらから!
©Kogitsune Kanekiru ©AlphaPolis Co., Ltd.

超人気異世界ファンタジー THE NEW GATE
スマホアプリ絶賛配信中！
THE NEW GATE
ザ・ニュー・ゲート
小説最新9巻登場
「天下五剣」が手に入る
期間限定クエスト開催!!
毎週 新装備 が 続々登場中！
※本告知は2017年3月時点のものです。
本イベントは期間限定であり、既に終了している可能性もあります。
新規でゲームを始めると
10連ガチャ
1回分のジェイルを
プレゼント！
【Android】Google Play
【iOS】App Store
でダウンロード！
公式サイトは
こちら
http://game.the-new-gate.jp/
©Shinogi Kazanami ©AlphaPolis Co., Ltd. キャラクター原案：魔界の住民・三輪ヨシユキ

謙虚なサークル（けんきょなさーくる）
元々漫画を描いていたが「小説家になろう」を知って小説を書き始め、2013年9月より「効率厨魔導師、第二の人生で魔導を極める」の執筆を開始。同作にて「第7回アルファポリスファンタジー小説大賞」大賞を受賞し、2015年デビューを果たす。バトルものをこよなく愛する。

イラスト：ヘスン
http://cheeseppotto.cafe24.com/

本書は、「小説家になろう」（http://syosetu.com/）に掲載されていたものを、改稿のうえ書籍化したものです。

効率《こうりつ》厨《ちゅう》魔導師《まどうし》、第二《だいに》の人生《じんせい》で魔導《まどう》を極《きわ》める 7

謙虚なサークル

2017年 3月31日初版発行

編集－篠木歩・太田鉄平
編集長－塙綾子
発行者－梶本雄介
発行所－株式会社アルファポリス
〒150-6005 東京都渋谷区恵比寿4-20-3 恵比寿ｶﾞｰﾃﾞﾝﾌﾟﾚｲｽﾀﾜｰ5F
TEL 03-6277-1601（営業）03-6277-1602（編集）
URL http://www.alphapolis.co.jp/
発売元－株式会社星雲社
〒112-0005東京都文京区水道1-3-30
TEL 03-3868-3275
装丁・本文イラスト－ヘスン
装丁デザイン－ansyyqdesign
印刷－中央精版印刷株式会社

価格はカバーに表示されてあります。
落丁乱丁の場合はアルファポリスまでご連絡ください。
送料は小社負担でお取り替えします。

ISBN978-4-434-23140-7 C0093